世界的聆听者

[美国]沈双 著

译林出版社

图书在版编目（CIP）数据

世界的聆听者／（美）沈双著．—南京：译林出版社，2020.8

ISBN 978-7-5447-8258-6

Ⅰ.①世… Ⅱ.①沈… Ⅲ.①随笔－作品集－美国－现代 Ⅳ.①I712.65

中国版本图书馆 CIP 数据核字（2020）第 069902 号

世界的聆听者　［美国］沈　双／著

责任编辑　许　丹
装帧设计　胡　苨
校　　对　蒋　燕
责任印制　董　虎

出版发行　译林出版社
地　　址　南京市湖南路 1 号 A 楼
邮　　箱　yilin@yilin.com
网　　址　www.yilin.com
市场热线　025-86633278
排　　版　南京展望文化发展有限公司
印　　刷　恒美印务（广州）有限公司
开　　本　787 毫米 ×1092 毫米　1/32
印　　张　6.375
插　　页　4
版　　次　2020 年 8 月第 1 版
印　　次　2020 年 8 月第 1 次印刷
书　　号　ISBN 978-7-5447-8258-6
定　　价　39.00 元

版权所有・侵权必究

译林版图书若有印装错误可向出版社调换。质量热线：025-83658316

序　阅读“世界”的歧路与正途

王　强

本雅明初次受电台之邀去聊书话，电台负责人谆谆告诫他录音时需恪守两个重要原则。其一，“千万别犯初来乍到的新手避免不了的错误，以为你是在对着或多或少一群听众诉说，虽然你碰巧看不到他们。其实根本没这一回事儿。收听电台的听者几乎总是孑然一人。即使假想讲述者可以抵达千万听众，那他也不过是抵达千万个单独的听者。你应该总是像对着只有一个听者讲述，或者对着众多的一个个单独听者讲述，你永远不会真是对着聚在一起的听众讲述”。（瓦尔特·本雅明：“分毫不差”，《讲故事的人——孤独中诞生的故事》，London/New York: Verso, 2016）

沈双发表的文章即将结集由译林出版社推出，作者点名要我给她的新著写篇序。发给我的电邮里，沈双不容分说，搬出我“北大学长”及她那届“辅导员”这本来算不得资历的“资历”，且顺势扔来一顶高帽，期许我能从她自己烂熟于胸的文字中读出一些“言外之意”。结果，面对这一挑战，我本以为可以正当果决地婉拒却无功而返，只得翻开篇幅不多的文稿试试运气。

中国、美国、英国、印度。北京、上海、香港、纽约。小说、报刊、戏剧、电影。战争的“反讽”、历史的“真实”、“印度”之外的印度。飞行时的阅读、行走时的阅读。空间、时间。异地、本地。语言、翻译。文本、世界。如果不再毫无意义地重述作者已然清晰表达出来的意思，这些文字的“言外之意”，如果确实存在，它们会栖息在哪里？

《在纽约读木心》是把颇为好用的开锁钥匙。我指的不是文章中的纽约，也不是木心和木心笔下的上海，而是作者“别出心裁”将横光利一的《上海》费了一番口舌带进她在美国大学开设的“二十世纪世界文学专题”课。

“别出心裁”四个字透露了作者对所谓“世界文学”的独特理解和隐藏起的抱负。文学文本可能构筑的，是整一的世界？这样或那样离散的世界？我的世界？他者的世界？我所描述的他者的世界？他者所描述的我的世界？文学文本企图揭示的世界的“真实”，是“一”还是“多”？在此岸还是彼岸？来自生活者不得自拔的熟悉的“本地性”，还是他者（作者笔下游历者、移居者、翻译者）挣脱了特定文化羁绊的陌生、自由的思想和眼睛？

作为学术的观念和实践，“世界文学”虽非刚刚降生，却仍在充满矛盾与困惑的歧路上蹒跚，似乎尚未踏入正途。这其中，乐观者有之，如大卫·达姆罗什（David Damrosch）认为：文学的流通和语言之间的翻译是可能的。跨越时间的阅读，跨越文化的阅读，通过翻译的阅读构造着不断生成的“世界文学”，这样的“世界文学”令我们离开熟悉的狭窄的生活世界，朝向不同的、陌生的广阔世界走得远些再远些（《什么是世界文学？》《世界文学如何读》）。审慎者有之，如阿普特（Emily Apter）坚称：语言和文化间的不可译性、不可比较性、未译、误译才是界定“世界文学”的基础。“比较文学”的本质不是文学间的比较而是“可译性的研究”（《对世界文学唱反调》）。独辟蹊径者有之，如亚历山大·比克罗夫特（Alexander Beecroft）绘制出“世界文学”新的分类版图：单一地区或社会特有的文学，泛区域的文学，跨文化跨语言跨政治空间的文学，民间的文学，民族–国家的文学，未来可能出现的全球性文学(《世界文学的生态》)。

从沈双行进自如的批评文字时不时留下的思考痕迹里，不难捕捉到上述关于“世界文学”看法的三重底色，但她思想目光的着力处似乎不在“世界文学本质”的探讨，而是落在剖开具体的“世界文学的文本”之后，多方位多层次地追问：具体的世界文学文本呈现的“世界”如何成为“真实”或者为何变得“失真”。她深感兴趣的大问题似乎是：“世界文学”启示着——“真实性”源自“世界观”，“世界观”则塑造了“世界”。

岂止文学如此？让我们从文学稍稍后撤，放眼看看哲学，看看心理学，看看人类学，看看社会学……道路相异，但不同符号形式系统试图呈现的“世界”和世界的“真实”不都遵循着相似的路径？

哲学的世界之途。纳尔逊·古德曼(Nelson Goodman)的著作《建造世界的种种途径》(*Ways of Worldmaking*)揭示了“哲学世界”的演变轨迹。自近代哲学始，康德先以“精神结构”的世界替代了过往“经验、客观结构”的世界；之后，刘易斯(C. I. Lewis)则以“概念结构”的世界替代了康德的“精神结构”的世界；再之后，其他符号体系(各类科学/哲学/艺术/认知/日常话语)渐次轮番替代了“概念结构”的世界。在古德曼看来，所谓“世界”，其实是由一个个“世界的版本”迭代出来的。世界的建造始于一个“版本”，终于另一个“版本”。

心理学的世界之途。二十世纪初，享有“心灵疗治大师”之称的维也纳著名心理医生威廉·斯特克尔（Wilhelm Stekel）在其文集《爱的种种伪装》（*Disguises of Love*）第一章“内在之人”（“the Inner Man”）里写道：“一个人究竟能够对另一个人了解多少？我们往往想象着对一个人只会了解得越来越深；我们自以为我们已然穿透外在的层层遮蔽物进入他心灵的纵深之处，直到一些事件的发生令我们猝不及防，一个突如其来的行为、一句不经意间吐露的话语，我们这时才不得不承认原来我们错了……如果一个人有机会真正谙熟另一个人，他会惊讶地发现一个人的‘内在之人’和其‘外在之人’之间横亘着巨大的鸿沟……即使是最伟大的艺术家也只可能呈现出内在之人的极小部分……迄今为止还没有谁撰写出关于一个人真实而完整的历史。”

人类学的世界之途。文化人类学家克利福德·格尔茨（Clifford Geertz）的《撰述与生活》从文学角度详析了列维–斯特劳斯、埃文斯–普里查德、马林诺斯基和本尼迪克特的人类学（或人种志学）撰述。格尔茨指出：人类学家能令我们对他们的所言严肃对待，这与他们所言表露出来的某种事实的样子或观念优雅的外观关系不大，而是与他们能够说服我们的能力密切相关——他们让我们相信，他们的所言是他们确曾深深进入另外一种生活形式之中的结果，他们是以这样或那样的方式确曾真真切切"到过那里"（been there）。人类学家的文本既力图"客观"呈现"身在彼处"（being there）的世界，又无法"主观"排除"身在此处"（being here）的世界。以何种文本策略将"他们的生活"装入"我们的撰述"构成了人类学（或人种志学）世界"真实"的基础。他借用法国思想家帕斯卡尔的话作结道：他们描述"那里"（there），其实为的是描述"这里"（here）；他们描述"彼时"（then），其实为的是描述"当下"（now）。

社会学的世界之途。利兹大学荣休教授、著名社会学家齐格蒙特·鲍曼（Zygmunt Bauman）十多年前提出了"液态的现代性"（Liquid Modernity）这一"世界新图景"，试图描述全球化时代人类时下体验的种种生活形式。现代之前的"固态的"社会形态、价值观和其"固态的"恒久制度、习俗和行为方式正以越来越快的速度式微乃至消失。人类似乎"越来越紧密的聚集"带来的却是"越来越疏离的陌生"。构成世界的不再是坚固稳定的“板块”，而是瞬息万变的“流沙”。生活世界没有了以往长久明确的“目的地”之感，于是人们不得不“如履流沙”，在从未经历过的实验性黑暗中费力摸索前行。他的重要著作无一不在探究“液态”这一当前世界呈现出来的显著特质（《液态的生活》《液态的爱情》《液态的现代性》）。

简言之，哲学的思辨从总体的、实在的、整一的“外在世界”移开，转向对“世界的观念”或“世界的知识”或“世界的可能性/不可能性”的探究（康德、黑格尔、叔本华、胡塞尔、海德格尔、德里达）。心理学把世界切成现实的“第一世界”与精神的“第二世界”，“内在之人”与“外在之人”，“意识”与“潜意识”（威廉·斯特克尔，《心灵的深处》《爱的种种伪装》；弗洛伊德，《梦的解析》）。人类学、人种志学努力理解“身在彼处”的世界与“身在此处”的世界之间如何有效地传递、沟通和理解（克利福德·格尔茨）。社会学告别坚实、滞重、缓慢、恒常的“固态世界”，竭力捕捉轻轻飘飘、无从预测、迅速流变的“液态世界”（齐格蒙特·鲍曼）。

回到沈双文本构成的“二十世纪世界文学专题”案例的课堂。即使横光利一和木心确曾呈现出了上海的“真实”，“作为世界”的上海，其呈现远远未被穷尽，并且永远也不可能被穷尽。上海这一世界的“真实性”，依然会像植物那样继续野蛮生长，像歧路那样继续扑朔迷离。“世界文学”将在它不断扩大的耐心里慢慢证明：一条通向唯一世界、唯一真实的“正途”不过是具体时空里生存者或叙述者的幻觉。上帝之后，没有人能够宣称一劳永逸即可俘获作为“总体世界”的“绝对真实”；因为“世界”从来都是“复数”形式的存在，是“一个个”而不是“一个”，像本雅明在录音棚里倾诉时，他视而不见的“一群听众”，其实是一个个彼此毫不相干的“单独听者”。追问世界的“真实”，本质上其实是在追问：自己手中握着的“世界”，究竟是哪一个版本？

这似乎是从沈双文本的“边缘”渗透出来的“言外之意”。或者，这仅仅是作为读者的我碰巧从沈双文本的“边缘”捡拾起的“言外之意”。虽然她不一定首肯，甚至断然不能同意。

2019年12月31日

目 录

01 | 文字之旅

02 | 思考时间

03 | 世界中的美国

01

文字之旅

在纽约读木心

我在大学英语系教的一门“二十世纪世界文学专题”课里，别出心裁地安排了横光利一的小说《上海》，作为现代文学的案例研究。讲二十世纪文学以及现代派而不以英美为中心，这是要费一番口舌向系里解释的。怎样做的解释我已经忘记，只记得心里一直纳闷：横光利一小说的“中心”在哪里？它是属于上海的还是东京的？后来看了一篇作者的访谈录，中间一段话大意是说“上海的公共租界的问题是最令人费解的，然而它所面临的正是整个世界未来的问题。说来也很简单，世界上没有一个地方能够像上海的租界一样具有如此完整的现代特性……思考这个地方就是对整个世界进行思考”。我突然明白关键不在于上海还是东京，原来，描写的对象是整个世界。

对这个世界的理解就像是对于现代的理解一样，人各有异，但是把当时的上海看成一个国际竞技场却是很多人不约而同阐发的一种心情。最近读了木心的《上海赋》，我以为实际上是用不同的口气讲了同一个意思。木心并不赞同鲁迅的“南北之分刚柔之别”，觉得“小看了海派”，“海派是大的，是上海的都市性格，先地灵而人杰，后人杰而地灵，上海是暴起的，早熟的，英气勃勃的，其俊爽豪迈可与世界各大都会格争雄长”。但是又说，上海没有文化渊源，没有上流社会，所以作不出“正传”，写海派只能写出“上海无海派”，正是和横光利一写到的上海一方面代表了整个世界的未来，另一方面预示着这个世界的问题，同出一辙。未来是一个充满了危机的未来，然而并不是每一个城市都有这样的气魄把这份危机感涵纳其中的，在这个意义上“海派是大的”，就如同横光利一所说，“思考这个地方就是对整个世界进行思考”。

木心与横光利一的不同之处，在于木心对大时代的逝去表达了无限的怅惘。“再会吧，再会吧，从前的上海人。”他写起上海来无论多么铺陈叠嶂，描述起来不管怎样事无巨细，好像都让你觉得有所欠缺，就因为有这个“大”字垫底。试想一下，的确，怎么写都没有办法写尽这个世界的，除非通过象征（allegory），然而木心又不愿牺牲感性的经验的一面，拒绝象征。“到了无可奈何时才产生象征”，所以只能反写，正所谓“要写海派，只能写成‘上海无海派’”，通过身体经验历史，很快会遭遇极限的。通过城市来描写世界亦然。

其实我本来迫不及待地找来木心的散文来看，不是因为上海，而是因为纽约。纽约和上海一样，也配得上一个“大”字，但是“大”的方式却不一样。木心说，这里“遍地都有我愿意同情而同情不了的人人物物事事”，意思是说纽约的隔膜和异化，这我也有同感。木心描写的地方，林肯中心、哥伦比亚大学、哈德逊河畔，甚至离市区甚远的琼美卡，都是我熟悉得不能再熟悉的地方。恰恰如此，我对它们视而不见。实际上这就是纽约的态度——视而不见。因为这里到处都是想同情却同情不了的人和事。对此大部分人都走进自己的空间，躲进了各自的职业，自说自话，不管有没有人听。小部分人没完没了地追求新奇，不断跨界。所以纽约的“大”和海派之大不一样，不在于物质的丰富，社会结构的复杂，而在于心理的冲击力太大。一般人慢慢养就了同一种反应，不管对任何人和事，都以同一种心态对待。

木心的不凡之处，在于他居然可以让心理出去散个步时迷了路，居然可以让心理不断地接受挑战而不厌。我自己也许会听到林肯中心的鼓声产生一种“冒着大雨”也要追随这声音的欲望，但是我不再会为“同车人的啜泣”所打动，也不可能对琼美卡马路上的花朵以及千篇一律的住宅产生任何想法。能够把哥伦布发现的刻板单一的新大陆演化成哥伦比亚的重重叠叠的阴影，不是每个人都能做到的事。在这里生活越久越难。所以美国文学中的游记是很好看的，传达的都是来自别的社会的新鲜角度。木心能不断地写美国的心灵游记，来自某种心力，是别人模仿不来的。

2006年5月

异地的本地特色

对于一个城市来说，什么是它的本地文化，这真是一个很复杂的问题。大致想来，本地性一般归结于某些文体特点、语言风格，但是本地文化是否必须要呈现这些特点和风格呢？我的同事曾经在一部研究美国文学的专著中指出，十八世纪美国的书商大张旗鼓地推销美国图书时，完全不关心文体或语言风格，所谓的“美国性”是没有办法从文本中表现出来的。书商们把购买美版图书描述成一种爱国行为，把书看成无异于其他商品的器物，和中国人在某一时刻抵制日货抵制美货的逻辑没有两样。所以在这种情况下，流通界定了文化产品的属性，写作和阅读都在其次。

我现在所居住的城市香港和以前住的纽约有一点大不相同：在香港，本地性还算得上是一个问题；而在纽约，它已经是一个心领神会但是不愿公开谈的话题。不愿谈，并不因为有了一些公认的本地化的标志，而是因为社会变化太快，移民太多，每一种对本地化正面的叙述都有点跟不上变化的节奏，总是显得很保守，很小家子气。因此聪明人都不愿去谈本地特点，谈美国性，怕被理解成排外，或者故步自封。

在美国，但凡一件事反着说总比正着说占便宜，批判的姿态本身就是一个地方色彩。

然而香港是华人社会，我们对待范畴的态度和美国的习惯很不一样。一九九七年香港回归前后，一位很敏锐的香港学者撰书指出，从八十年代中英会谈开始生产的香港电影，不断以香港为题，喋喋不休地叙说着香港的故事，这一时期的电影就代表了香港文化。如果真是这样的话，似乎十年之后的情形有所改变。现在香港有的文艺作品并不以香港为主体，而是把它作为背景，甚至作为方法和角度。这样一来实际上对读者的挑战更大，更不能够现实主义地解读小说和电影了。香港已经嵌进了别的地方的故事。

香港话剧团毛俊辉执导的话剧《万家之宝》就是一例。毛导在某一场合说这一话剧综合了曹禺的三个剧本，是为了向香港观众介绍这一伟大的剧作家，但是因为作品的时代十分久远，而且地处北方，不加修改恐怕观众不会接受。因此第一段选自《原野》，以非常现代的简洁的方式处理；第二段选自《北京人》，用英文演，仍然很现代，突出的是两个女人的心理，而不是复杂的大家庭的人际关系；第三段选自《日出》，背景是七十年代的香港，陈白露的沉浮放到正在腾飞的城市里来看，她不像一个堕落了却还有反省能力的女人，而更像是一个普通的在股场上失意了的暴发户。

我不觉得这个改编十分成功，导演看起来过于小心，生怕毁坏了原作的完整性似的。而且导演声称要反映后殖民城市的生活，我怎么也没有看出来究竟。第二段的英文对白能够投合这个城市比较西化的人的兴趣，但是我总觉得西化的中国人的心理是非常复杂的，并没有被那些过于简单的台词传达出来。这一段的对白围绕着一个去留的问题和忠诚与背叛的问题，似乎在影射香港十年或二十年前的情况。但是导演没有进一步发挥，只停留在影射的层面，没有深度的思考。

然而，这个改编倒是代表了香港文化的一个路向，并不是现在才出现的，我的几个同事就曾考察出各种各样的改编案例。看完戏我随便到附近的HMV转了一圈，就买到了由吴回导演、李小龙扮演周冲的《雷雨》，以及改编自希区柯克的《后窗》的同名作品。

我想应该去调查一下，香港观众是不是真的没有看过曹禺的作品，还是不知道这个名字？如果是后者，倒是不必担心了。我们喜欢或者不喜欢《满城尽带黄金甲》，难道和曹禺有关吗？

原载于《新民周刊》2007年第23期

阅读习惯

夏天到了，我的阅读习惯不得不有所改变，因为不断在旅行。今年在跨洋飞机上惊诧地发现几年前诺贝尔文学奖得主库切的小说《耻》原来如此可读，与他的早期作品《等待野蛮人》完全不同。库切以善于描写沉重的话题著称。这部小说也毫不例外，描写的是废弃了种族歧视的新南非的社会问题，其中最严肃的社会问题就是性别歧视。主角大卫·卢瑞是一位英语系的教授，因为与女学生有染而被学校勒令公开道歉。他无法忍受这一耻辱愤而辞职，然而等待他的却是更大的耻辱，他的女儿被打劫而且遭遇强奸。幕后策划这一惨剧的正是女儿的黑人邻居彼特尔斯。如何诉诸法律？而正义又何在？库切的勇敢在于他敢于挑战体制。新南非表面平等的自由主义体制在他看来并无法解决历史上遗留下来的不平等的问题，白人在政治经济上的特权并不能靠几个受过压迫的黑人个体通过暴力得以削弱，财产上的不平等更不能通过买卖女人来得到弥补。库切讲的是超越社会体制的问题。他强迫读者反思一些西方社会的最根本的观念，比如平等、独立，以及私有财产，等等。

本来毫不期待这样一部严肃小说成为飞机上的休闲读物，但是我一拿起来就放不下了。大卫·卢瑞这个人物既可爱又可怜，作者又是那么不动声色，我们不知不觉之间已经从他的角度来看问题了。突然间暴力发生了，才觉得这个人的视角是那么有问题，可那时候已经义无反顾地爱上他了。我在想，如果库切写的不是这样重大的话题，而是毫不重要的琐事，大概也能够产生同样的效果。语言好像是一个帷帐，把现实的世界隔在外面，里面的风景完全不同。

我虽然很喜欢这样的阅读体验，但也知道边走边读的时候，是不可以强求某一个固定的阅读模式的。国内国外的不同，并不只是文化文本的不同，而且是人们对文本的体验方式完全不同。就好像西方流行的东西不一定与东方的一样。

中国文化的特点并不十分强调把某个人的视角发展到极点，这就决定了中国文本给予我们的阅读经验经常不具有私密性。曾有一本流行书《八十年代》，从形式到内容都在强调表演性和对话性，八十年代的风格好像就是动不动就能凑在一起玩儿。好像大家都有大把大把的时间，大段大段的思想，必须要找个人发泄出来。读书是一种集体活动。由这本书引起的一系列回忆文章无一不涉及八十年代种种的集会活动，最有名的是赵越胜的沙龙，还有文艺批评家李陀和几位作家之间极其不拘一格的交流方式，大半夜可以上门借书，经常彻夜长谈。真不知道他们的家人当时作何反应。

访谈录实际上也不是一般意义上的作品，作者可以掌控的空间是要与被访人共享的，被访人又不是小说里的人物，随便你去塑造。因此这个形式表演性极强，好像有点像现在电视上的天才秀，虽然电视节目对于格式的规定非常严格，访谈当然要随意得多。

我在想，怀念八十年代的人，是不是就是在缅怀某一种集体文化？虽然说这种集体文化当时已经十分个性化。我记忆中的八十年代就是这样的，虽然无缘被接纳进这一集体文化，但是有幸在边缘晃着，跟着不少人闹哄哄地找地儿吃饭，喝咖啡。

后来有的人走进了九十年代，有的人出国了。在时间和空间上的行走让我们不得不改变自己的阅读习惯。飞机上是很难聚在一起聊天的，但是却可以与作者一对一地交流，碰到了如库切这样好的写手倒也不失为一个有趣的体验。但是在这之外，我仍有隐隐的不安，不断在走，不断在找，是不是因为八十年代的阴魂仍在我的身体里作祟？

原载于《新民周刊》2006年第28期

百老汇大戏

在中国人看世界杯的时候，美国人在观看托尼奖的颁奖仪式。托尼奖是百老汇话剧和音乐剧的最高奖项。今年的最佳话剧奖得主是英国老剧作家艾伦·本尼特（Alan Bennett）的话剧《历史课男孩》（*The History Boys*）；最佳音乐剧奖得主是《新泽西的男孩儿们》（*Jersey Boys*）。我没看过最佳音乐剧，但是本尼特的话剧倒是一年以前在伦敦就看过了。当时就觉得好，久久不能忘怀，同时又觉得它的英国味道很浓，没有想到美国的剧评家对它也是如此钟爱。

这个话剧讲的是一个男校毕业班的故事。学生都是极聪明的中产阶级家庭长大的孩子，但是学校考取牛津剑桥的比率却总上不去。对此，老师们抱有两种态度。一位老教师对此非常不以为然，他认为知识本来就应该与升学无关。在课堂上，他教学生大段地背诵英国的“唐诗宋词”，也就是他们的华兹华斯、艾略特、布莱克等，同时又教给他们五六十年代音乐剧里面的歌曲，让他们在课堂上尽情表演。他教法语的方法，是让学生扮演成妓女和背着老婆出来偷情的汉子，一个人在另一个人身上乱摸，正好复习了身体不同部位的名称。但别忘了，这可是所男校。看一群男生在舞台上打情骂俏，用不了多长时间，就会让你忘掉这是课堂上学生做的练习，令你产生无穷的联想。

实际上，老教师的确别有企图。他看上了哪一个漂亮男生就把他带在摩托车的后面，曾被人看到在红灯停车的时候对之非礼。因此，他被迫辞职。他的反面是一个年轻的代课老师。代课老师对知识完全是一副功利态度，他是教历史的，笃信历史就是权力阶级用以挟制无权阶级的工具。在现实生活中，他觉得中产阶级若想走入贵族学校的殿堂，就必须利用知识来编造与代表贵族利益的主流历史叙述完全不同的故事。他认为一味炫耀文采在口试中是无法吸引牛津剑桥的教授的注意力的。年轻的老师也并不讨厌，因为很真实。他自己也有不可告人的秘密，那就是曾经假造了学历，他根本不是牛津毕业生。

我觉得英国人讲起校园的故事来没人能比。关键在于他们的校园文化绝不清纯。他们的校园里有着很黑暗的一面，十几岁的年轻人对阶层、等级、权力已经有了透彻的理解。这尤其表现在班里最漂亮的一个男生身上，他好像生来就知道如何利用美色。他特别崇拜那位代课老师，因为通过这个老师，他得以把自己从生活中学到的知识与权力之间的关系上升到理论层面。但是故事最为动人的还是作者自己的化身，一位十六岁还没有脱去童声的男孩儿。他暗恋着班上这位最漂亮的同学，通过他之口我们了解到这群男生刚刚萌芽的性欲。最后，他也上了牛津，但是他拒绝长大，永远生活在少年时代。他患上了抑郁症，但还努力和全班同学继续保持联系。

作者本尼特的个人经历和这个故事很像。他曾写到收到剑桥通知书的时候他正在打工，工作是装卸一桶一桶的啤酒。我喜欢这话剧是因为它讲述的都是大的话题，但是态度却是个人的，隔得远远的，很平静，不聒噪。

百老汇今春另一场大戏是布莱希特的《三分钱歌剧》。故事也是发生在伦敦的，虽然是德国剧作家的作品。这个戏的感觉就很不一样。虽然是二十世纪二十年代末的剧本，但现在看起来仍不失为一部先锋作品。故事的主角是一个绰号叫“刀子”的海盗麦克，通过他之口对资本主义的生产方式和生活方式进行了无情的嘲讽。现在听起来还是很锋利。小时候看过布莱希特的话剧，觉得与它之间有一层隔膜，好像和自己的生活没有关系。也许布莱希特的口号性的语言反而能在观众中引起共鸣——我看戏时这么想过。

上月末回到北京，发现根本不是那么一回事。在一些领域，当代中国的记忆很浅，只涉及二十世纪八十年代。林兆华的大戏《白鹿原》传达了十分典型的八十年代情结。英国的校园和德国的先锋在这里都无关紧要。不管是时间还是空间，中国都有它自己的。

非西方文化的“表演”

现在学界流行的关键词是“表演”。什么都算表演。一个文本，一场社会运动，一种意识形态，一个商业合同。这背后的道理其实不难理解：只不过是在说上述的所有事件都不是在真空的静止的状态中存在的。什么都有个对象，任何事都可能带来互动。所以演员和观众是可以互换的，舞台和生活也并没有明确的界限。

按道理，表演理论可以使社会生活的空间变大一点，个人的能动性变强一点。话是这么说，但实际上有的时候，越是谈表演，越是让人感到层层叠叠的社会规范，密得连语言都不能冲破。

九月底和几个朋友在纽约下城的小剧场里看的一个另类话剧，极其形象地把当今社会中的表演文化嘲讽了一番。话剧的题目大概可以翻译成《段子》，不是随便的段子，而是在试镜或者试演时演员被指定做的类似小品一样的段子。整个话剧也是由其中的演员亲身表演过的“段子”组成的。这样的段子多半是极其程序化，非常僵硬的，演员和导演看起来都不舒服。本来这个戏也不过是讽刺一下演艺界，似乎与外人无大干系。但是选的段子很有社会性，加上观众又比较另类，所以整个演出的互动倒是变成了一场有意思的社会文化的表演。

比如说种族。在一个段子里，演员被要求演一个杂货店老板，新移民，口音很重，手脚很勤快。戏里所有演员都是亚裔，下城的观众成分很杂，所以就很能引起共鸣。还有一段，演员不知不觉地就落入了一个角色，很自然地扮演了一个毫无自信心，容易紧张的亚裔书呆子形象。我的一个朋友就觉得这个玩笑开得太大了，把脸扭开不看了。还有一个段子，导演要找一个“大街”上的形象，指那种很酷的、泡妞的、说脏话的小混混的形象。结果演员自己就是街上长大的，连台词都认不全，反倒造成了超级真实的效果。

《段子》是个喜剧，聪明机智，但是笑了一场之后也就没有什么令人回味的东西了。接下来的纽约电影节也有几部电影走了同样的路数，把生活和电影混淆起来，重新反省什么是电影，尤其是来自非西方国家的电影。

日本导演柳町光男的新电影《谁是加缪》讲的是一群电影学院的学生制作毕业作品的故事。从教授到学生，没有一个不完全生活在电影的世界里。令人分不清他们什么时候在演戏，什么时候在过自己的生活。教授是一个过气了的老导演，被学生们比作《魂断威尼斯》里面的迷恋青春岁月的阿森巴赫（Aschenbach）。他自己也接受了这个角色，把脸涂得白白的，与自己暗恋的女生去赴宴，结果发现是一场骗局。另一位女生，整天神经兮兮地逼着情人娶她，被其他的电影学生称为“Adele”（来自特鲁福电影中的女主角）。后来她也做了一件电影里已经安排好的情节——把她的男朋友推下了楼。

据导演解释，这部电影意在暗喻当今日本的心理状态。大概是想说整个日本都是在扮演别人设计好了的角色，在人家画好的模板上涂涂改改，或者是要表达日本某一类人，也许这位导演也算其中一个。

另一位亚洲电影大腕侯孝贤的新作《最好的时光》，好像是不自觉地在自己以前的原创作品的模板上又描了一遍。我的朋友戏称之为侯孝贤“缩写本”。这部电影分三段：第一段“恋爱梦”像是《童年往事》，第二段“自由梦”像是《海上花》，第三段“青春梦”说不出像什么，但是也没有什么新鲜感。

西方世界总是指望着非西方的艺术家讲出点社会意义，这也是一个框架，看你艺术家会不会自己往里面走。实际上有的知名艺术家已经和当地的电影文化多少有点脱节，但他们的作品仍然被不自觉地看成当地文化的象征。

当年的电影节还有一个特殊节目，就是为纪念日本的松竹电影公司成立一百一十周年而放映的几十部该公司制作的电影。从默片到新片，铺天盖地，一时间纽约满世界都是日本电影。纽约的好处坏处都在这里了：它的丰富都满得溢了出来，使你不再怀疑这背后是否还存有某种特定的眼光、特定的趣味，主导着外国文化的传播。

大象能教动物学吗?

在八九十年代中国作家的旅美回忆录中，出现得最多的美国地方不是纽约旧金山，而是艾奥瓦，全因为这里有一个著名的“艾奥瓦国际写作计划”。谈到艾奥瓦的写作计划，很多人都知道这是保罗·安格尔和聂华苓共同创办的，但是对于这个国际写作计划的“母公司”——“艾奥瓦写作项目”在美国文化中的位置，大部分人都缺乏理解。最近加州大学洛杉矶分校英文系的教授麦克·迈格尔（Mike McGurl）的新书《计划时代：战后小说以及创作的兴起》（*The Program Era: Postwar Fiction and the Rise of Creative Writing*）把艾奥瓦写作项目放在一个涉及美国战后文学发展以及大学创作课的兴起的广泛背景中讨论，我读了之后感到对美国社会的文化生产增加了很多认识。

有人可能会觉得这是一本有关美国文学的专著，值得在中文的报刊里介绍吗？其实不然。中文的文学社会与美国大学尤其是大学里的写作项目，有着深入而复杂的联系。先不说有多少中文作家在六十年代之后曾经成为艾奥瓦国际写作计划的参与者，就是中文作家直接参与美国大学的写作课程，在其中或长或短地授课听课的人，也有不少。还有一些用英文写作的华裔或者旅美作家，根本就是创作项目培养出来的。再有就是翻译。国内市场对美国文学的接受，喜欢跟着美国大的文学奖项走，然而获奖作者大多都是这些写作计划培养出来的，所以我们不知不觉已经在消费这种文化机制中创造出来的价值了。老实说，要了解美国战后的文学价值，以及解读美国战后文学，对于它的创作环境——大学中的创作课，没有相当的认识是很难理解的。在我看来，这正是中国文学批评的尴尬之处——中国的文化和社会体制和美国太不一样，文学生产的过程也太不一样，却恰恰借用了人家的很多批评范畴，结果看不懂美国也看不懂自己。要看懂自己，迈格尔这本书是个范例，是文学批评的实践，而不是空洞的理论。它对有心人提出这样一个问题，就是中国相应时期的文学创作机制是如何影响其文学观念的。

谈到写作课，最通常的问题是“写作能不能教”，实际上这并不是最重要的问题。很多作家以及学者都认为写作不能教，但是这些人很多都和大学以及大学里的写作课有着密切的关系。最典型的例子就是纳博科夫。纳博科夫是有名的个人主义的崇拜者，最反对集体性的设置。他与大学体制好像命中注定是要产生矛盾的。据说哈佛大学在讨论是否聘请他做教授时，语言学家亚科布逊说了一句名言：如果让纳博科夫教文学，下一步是不是就是让大象来教动物学了？从传统的文学批评的观点来看，作家就像大象一样，是研究的对象，而不是研究者。作家即便进入学院，也是学院的边缘人，但是这边缘人恐怕也已经被纳入体制了。他的边缘性恰恰能够反映文学体制的运作。

创作课在三十年代的美国大学里就已经有了。纳博科夫也许对教学深恶痛绝，而且也不善于教学，可是大学在他的美国生涯中却占据重要的位置。他的文学观点，包括对纯文学的推崇，都是通过大学讲堂传达出去的；而他的文学作品又成为大学文学课以及创作课的范文。他与大学体制之间的矛盾，恰恰证明“写作能不能教”并不是问题所在。写作如果不在大学里存在，又能在哪里存在？美国的历史已经证明，很多严肃的作家已经不可避免地只能在大学里求生存了。

当然，并不是说美国战后没有作家是通过稿费以及少量的纯文学期刊来从事创作的，但是这样的作家开始学习写作多是在大学里。文学天才，不管情愿不情愿，都在和大学里的program（计划或项目）发生关系。而这个program作为一个信息工业，生产的是什么样的价值，正是迈格尔的著作讨论的问题。

创作课走入大学，证明那种理想中的反对体制化的个人主义形象，实际上是被大学体制生产出来的。战后创作课传达的文化价值，围绕的一个关键词就是“自我”。迈格尔把这个价值概括为一种“自发的诗学化”（autopoetics）的过程。所谓“自发”，不仅仅是强调“自我”（self）的位置，而是怎样利用这个自我（“auto”含有“自动”和“主动”的意思）。这个“自动”化的过程包括三个方面：第一个就是要书写自我的经验，第二个就是要创造自己的风格，第三个就是强调描述而不是说教。这三个方面是社会经验、个人创造性，以及表现手段的融合。常见的对于美国大学的创作课的批评是说它“自我中心”或者是“没有创造性”，迈格尔认为不然。创作课强调自我，但是并不能接受对自我的赤裸裸的彰显。个人化的题材必须要经过非个人化的表达方式的过滤，才能算作合格的文学作品。大学写作课所推崇的文化价值更准确地说，应该是“自我反省”以及“系统化”的结合。创作课是一种达到自我意识的过程，迈格尔认为这个对于自我意识的强调渗透到了美国大学的文学教学以及文学研究之中，因此应该说，创作课最能够代表战后美国文学的核心价值。

迈格尔的研究等于带我们走进了一个文学工作坊，至于这个文学工作坊里面发生的事情是不是能够涵盖文学作品的全部意义，甚至整个社会的主流文化价值，当然肯定有例外，但也有一定的启示。在我看来，起码它让我们破除了一些迷信，比如对比中国的文学生产，迈格尔的研究告诉我们实际上美国这样的所谓“自由主义”国家对文学生产的“控制”也是非常严密的。而这个“控制”并不只来自“市场”的需求，更多的是来自文学观念的传播以及写作的训练。写作根本就是一个融入美国主流社会的过程。所谓文学没有国界，简直就是幻想与谬误。

迈格尔所谓“自发的诗学”并不意味着对社会内容的完全抽空，而是说社会内容通常是以一种自我反省的方式表现出来的。这种强调自我反省，是二战之后西方现代社会一个重要的特点，曾被社会学家描述为“反省式的现代性”。在小说创作的领域里，体现为对叙事角度的极端重视。叙事角度愈发被看成不是一个单纯的技术问题，而是一个有关自我身份的社会问题。比如一个白人作家写了一本以黑人角色的角度出发的第一人称作品，这个写法有没有问题？有的人会说有问题，因为他觉得叙述角度是和个人经验有关的。另一些人就会说没有问题，因为写作课对于表现手段的强调，被看成个人超越社会强加给他的身份限制的一个途径。不管你站在这个争论的哪一边，你实际上都是认可了一个事实，那就是这个多元社会可以被构想成一个由许多不同的视角构成的文学世界，而做文学在某种意义上就变成了一项民主事业。文学创作因此被变成了一个美国式的对于多元文化的处理。

战后写作课的设置对于美国多元文化的生产具有非常重要的作用。比如拉丁裔美国作家桑德拉·希斯内罗丝（Sandra Cisneros）成长于一个墨西哥的移民家庭，七十年代末来到艾奥瓦之后一开始非常不适应，自称“一张口就感到自己是外国人”，之后又自述道“艾奥瓦帮我找到了我自己的声音”。所谓属于自己的声音，就是把自己的种族背景、阶层背景表现出来，学会怎样表现自己的差异，而不是模仿二流的主流文化的声音。而这包括故意不按照范文写作，刻意塑造一个反叛的形象。“外国人”变成了一种叙述角度，一个不只属于你一个人的生活经验。艾奥瓦对于少数种族的作家来讲是一个“负面的承认”或者说“压抑”与“认可”的辩证过程，它教给你怎样把你自己的经验翻译成主流社会能够接受的声音，在美国的民主机制中能够占据一席之地。这种“自我翻译”的压力，迈格尔强调，并不直接来自市场，而更多是来自教室。在艾奥瓦毕业的很多著名作家，包括托尼·莫里森，都在大学里任过教。大学作为体制化的多元文化的一个重要机构，塑造了社会“另一半”的声音，并变成了它的载体。

美国大学里的创作课的根源一定要追溯到艾奥瓦写作项目的核心人物——保罗·安格尔。这位诗人对文学体制的贡献要比他的诗歌成就大得多。迈格尔承认，很多学者对战后艾奥瓦写作项目已经做过不少批评。他试图把艾奥瓦的模式放到美国的文化思潮中分析。他认为艾奥瓦可以界定为南方地方主义以及中西部地方主义的交界之处。地方主义是一种美国知识分子对过分商业化以及极端现代化的一种批判，它同时反对的是以欧洲现代艺术家为代表的世界主义。很多新批评的倡导者都是南方的地方主义的信奉者。南方地方主义强调的是传统，中西部地方主义强调的是技术，在安格尔的手中，文学技术更被看成了一个中和文化冲突、种族差异，甚至促进世界和平的重要手段。

文学技术同时也是一个既植根于中西部的地区文化，又能超越地域限制扩展到整个美国甚至全世界的方式。所谓“艾奥瓦的风格”就是一种集体性的个人声音。

迈格尔提到了“国际作家写作项目”中的翻译计划，但是没有进行深入的讨论。应该说，这个翻译计划是一项有意识地塑造美国方式的“世界文学”的具体实践。安格尔的名言是:“翻译是世界生存的一种方式。翻译可以避免互相屠杀。除非作家对自己的作品的翻译极度不满，掏出手枪把翻译家杀死。这样的谋杀也是可以理解的。”然而迈格尔的书告诉我们，这句话不能简单地看成对文字的信念。文字以及表达方式都和它的生产机制以及意识形态有着紧密的联系。

2010年

也斯的行旅美学

熟悉也斯的人，都忘不了他过人的精力。记得二十一世纪初某年他到纽约短暂访问的几天里，每天日程都排得满满的。无论是看画展，看话剧，还是在Chelsea的街上闲逛，他都处于精神亢奋的状态。有的时候我会纳闷，这样的人如果停下来，会出现什么样的状况。更多的时候，我在想，如果我自己处于这种不断运动的状态中，我还能够写作吗？肯定不能。不是因为疲劳，而是不知道如何处理这超量的信息。也斯永远让自己面对太多新的东西，我时常想，对于一个作家来讲，他是如何规整这些信息，付之以形式，诉诸情感呢？问过他这个问题，他只是笼统地说走路的时候，看戏的时候，每时每刻都在考虑如何行之于文。从评论者的角度，我对于这一回答当然不能满意，因为它没有解决我的根本问题，就是如何谈论也斯小说的形式问题。也斯对于他的诗歌的形式，有的时候有明确的提示，比如咏物诗，当然并不是在抄袭古代咏物诗的格式，而仅仅是提示而已。但是对于文，却没有这样现成的格式能够描写他的作品。那么该怎样看待这形式问题呢？

也斯的小说的主角经常是一个行路的人，他的小说也经常在行走中展开。这展开的当然不仅仅是对人物的描写。行走也不仅仅是对人物刻画的形式手段，而恰恰是人物的生存方式，是他们认识世界的重要手段。因此没有行走，就无法构成也斯人物的整体世界。

也斯在这一点上实际给了我们提示。《爱美丽在屯门》中爱美丽问美国文学教授罗杰，“detract from the task at hand 是什么意思”，又问“communicate articulately是什么意思”。这两个问题是有深意的。第一个问题提醒我们也斯的小说的关键在一个词，detract，脱离既定的轨道，打断，声东击西，也是一种distraction，偏离了母语的轨道。而在偏离定轨的状况下又怎么样communicate articulately（流畅地表达）呢？走出了地图的边缘还能不能划出自己的轨迹呢？两者之间的张力，我认为，概括了也斯小说里从内容到形式的特点，实为他的小说中谋篇布局的原则。

从也斯更早的小说选《边界》里可以清楚地看到这一特点的展现。《边界》是游记也是记游，对于如何游览世界、游历人生有很多自我反省的句子。比如，“我也忍不住想：自己是不是自寻烦恼，往往为了想看更多东西，为了不知为什么的追寻，许多时老是走到地图以外去，走到自己熟悉的范畴以外去，无端置身在不安全的处境里”。然而，这个叙述主体虽然在理性上感到了“不安全”，实际上是“飘飘然觉得世界没有边界”的，因此他的声音并没有表现出不安全的感觉。从这个视角描述出来的世界并不很危险，叙述者似乎能够置身于外，对于这歧途遍布的世界有所掌控，不断勾勒着新的地图。

但是《后殖民食物与爱情》中，却呈现了一种不同的行走美学。这个后期作品与以前最大的区别是，抒情更加大胆了。以前走到地图之外是一个智力游戏，现在同时也是一个感情游戏。因此危险更多，代价更大。小说中的男主角们（必然是男性的！）大多接受了生活中的歧路，不再为何为正途所烦恼，因此，虽然小说的格局和以前的差不多，仍然是游记也是记游，却比以前好看了，里面的风景更有人情味儿了。

比如《寻路在京都》里面的罗杰，就是这样一个例子。整篇小说仍然是一篇游记，罗杰却不再宣称自己是一个“走到地图以外”的人。表面上他是“正职”人士，但是即便在这个“正职”中也不断被打断，“罗杰开始把他的旧书和文稿重新找出来，但系里的工作不断打断他的思路，学生年中的论文涌进来，然后，是时候监考、改考试卷，然后是一连串的试后会议了”。如果大学里的工作可以看作被社会认可的生存地图的话，那么仔细看起来，这张地图里也是歧路百生，全然不合逻辑的。罗杰的确“有点犬儒”，他已经不再有“走到地图以外”的欲望了，“他好像每隔不久就感觉面对着大幅的空白”。这个空白既是每一个在职场求生存的人都能感觉到的存在主义式的危机，又是一个后东方主义的境况。“那东方哲学里好似有他追求的生活态度；但他来到东方，却觉得这不容易在日常生活中找到，还是捉摸不住的东西。”罗杰是个外国人，这里却成了折射香港境况的视角。如果香港就如同任何地方一样，有着自我东方主义的偏好的话，通过罗杰并不能纠正东方主义的谬误——他仅仅“学了一点中文……懂一点粤语”，只是利用了香港“没人要求他改变什么”的便利，实在没有发展本地文化的宏大抱负——但是通过罗杰我们却能够看到后东方主义的“空白”。这个“空白”是“地图以外的地方”，还是仅仅对过分规划没有留白的生活图景的一种心理反应？我觉得，对于这个问题的回答，说白了，暗示了也斯对于前景的展望。

其答案，在峰回路转了无数回，反复铺垫了无数次之后，终于在小说的结尾给了出来。罗杰和情人阿素“互相扶持，站在那儿眺望京都的风光。真想不到，这人来人往的火车站，这暂时过渡的空间，到头来也变成他们久久流连的所在。他心中那个旧火车站，已经一丝不留了”，这结尾把以前小说里理性的思考转化成了一个抒情的空间。罗杰之所以对世界更能接受，是因为他这个时候开始用心去思考了。

《后殖民食神的爱情故事》也是一个误入歧途、自我打断的例子。小说的主角明明是老薛，却从头到尾都弥漫着“我”的阴影。“我”是一个普通的饮食记者，“我”的故事在头几页中微乎又微。看上去，“我”只是一个手法、一个角度，老薛才是主角，才是读者应该重视的风景。但是，故事又进入了歧途。仿佛一个没有带地图的游客，不可预期地走入下一个景点。也斯的小说经常说一半才介绍新的人物，比如《爱美丽在屯门》中的罗杰就是中间才出现的。老薛基本上就是《后殖民食物与爱情》中的叙述者的翻版，但是，两个故事不同的地方在于“食神”不是第一人称，而是有一个重要的额外的“我”。

这个“我”的重要性，在于她不吝指出老薛全部走错了路，看错了图。老薛作为主角不能自我揭发的地方，都被“我”明明白白地讲出来了。当然“我”是一个同情的叙述者，但再同情，也不能抹去老薛作为一个失败者的真相。这个失败者走到地图的外面都不自知，因此比以前小说里面的旅行者更令人同情。但是这个“我”不只是一个叙述者，在小说中间，她反仆为主了。她的“华丽”登场，使得插曲变成了主旋律，好像地图的坐标重新被调过了一样。所以说，如果也斯的小说描写的是行走，不如说他自己也是不断在行走，时常处于进行时。“我”挺着大肚子搬进了老薛的书房，但是这却不是一个爱情故事，“我和她真的没有发生过任何化学作用”，只不过各自是对方的风景，两个同时都在继续行旅的人。其结果不可避免地是以“我”的离开而告终，但是这两个人的关系，却使得老薛真正置身于一个真实的社会之中，而不是在自我界定的“边界”、在想象中的“地图之外”的地方玩弄某种智力游戏。

“从食物到爱情，当文字的表达和阅读倾向于把食物定型，那感受和感情也只能锁定在一些俗套的公式中。”也斯的进行式美学不是典型的现代主义的表象，他从不做未来主义者（Futurists）喜欢发表的宣言，但是在骨子里他对“俗套的公式”的厌倦，实际上还是得了现代主义的精髓。但是他对于沿路风景的感性的接受，在设计行旅路线时的自由，又体现了一个写实主义者的追求。这并不是说他的小说因此是香港的摹写，但是却有着一种试图真实地描写香港状态的追求。

2009年

张爱玲的自我翻译

《雷峰塔》和《易经》曾被翻译过，译者不是别人，正是张爱玲自己。我指的是她在《小团圆》中对于这两部英文小说中的部分情节的挪用与转述。我不知道张爱玲怎么有那么大的本事，一手写英文，另一手写中文。她的英文也许比不上中文，但是她对于在两种语言之间游走的那种轻松态度，是大部分人所不能及的。她难道没有乡愁吗？在用英文写作的时候，难道不会因为需要不断改写某段文字而感到厌倦吗？她难道不害怕她的中文会受到西洋文法、西洋文化的影响吗？这些令很多双语作家、双语学者裹足不前的问题，在张爱玲那里都不成问题。也许因为她没有更多闲暇去考虑这些问题，也许是因为谋生的需要。即便如此，我也不得不佩服她的勇气和毅力。我觉得当今的中文世界，从理念到实践，有太多现实的考虑以及理论上的包袱，使得即便有双语能力的人都感到犹豫，不愿意一头扎入一个于自己陌生的世界。也或者最终还是因为我们的优越感。而张爱玲的勇气，是因为她是个移民，而她的移民经历又放大了她生而有之的自我流放的心态。国内读者以前只是看她上海时期的作品，又因为当下的需要，总是把张爱玲和所谓“贵族”联系在一起的。现在张爱玲海外的作品出版，成就了自我的“想象的回归”。这一回归，又是什么样的意义呢？应该能够引起反思，甚至令我们重新看待她的早期作品。

张爱玲的自我翻译，当然不用去考虑忠实原文与否的问题。每次翻译就是重新写作，不用去参考原文。所以读到《易经》与《小团圆》重叠的地方，都是静静地观察她的语言魔术的好机会，不用去考虑她可以不可以这样写，只需要去问为什么。作者总是有道理的。比如，《易经》的中译本里有一段描写琵琶和露吵架之后照镜子的场面。吵架是因为钱，具体说来就是妈妈把女儿得到的学费资助赌掉了。《易经》中写道：

> 为了不看母亲，她始终盯着墙上雕花的上了清漆的镜子，只是视而不见。震了震，她认出镜中的脸是自己的，高高的拱起的淡眉，木木的杏

眼分得太开，柔软的狭窄的鼻子。露没注意到她欣喜的发现。失了平日当作盾牌的浴室镜子，露对着茶杯上的空间说话。琵琶自己呢，她知道她始终盯着镜中冰冷的岁月不侵的象牙雕像的脸，为的是保持冷淡。

《小团圆》里相应的场面出现在九莉报复母亲，非要还培养费而母亲拒收的时候：

反正只是恭顺地听着，总不能说她无礼。她向大镜子里望了望，检查一下自己的脸色。在这一刹那间，她对她空蒙的眼睛，纤柔的鼻子，粉红菱形的嘴，长圆的脸蛋完全满意。九年不见，她庆幸她还是九年前那个人。

隔了几句之后，张爱玲又写道：

到了自己房里，已经黄昏了，忽然觉得光线灰暗异常，连忙开灯。

时间是站在她这边的。胜之不武。

“反正你自己将来也没有好下场。”她对自己说。

读到这样的改写，你便不得不认同刘绍铭教授关于张爱玲不敢在英文里面“撒野”的说法。而且这不是一个语言的问题，而是一个结构的问题。张爱玲在自我翻译的过程中，因为目的语言是中文，所以敢于直白（例如说九莉对自己的容颜“完全满意”），敢于跨越叙述时间，敢于跳出来发议论。恰恰是因为敢于这样做，《小团圆》的叙述才有张力，才能够体现小说开头结尾描述的那种紧张：

> 大考的早晨，那惨淡的心情大概只有军队作战前的黎明可以比拟，像《斯巴达克斯》里奴隶起义的叛军在晨雾中遥望罗马大军摆阵，所有的战争片最恐怖的一幕，因为完全是等待。

写小说和读小说的人，都和九莉一样，在等待。《小团圆》没有高潮，尤其是对于我们这些已经知道了张爱玲、胡兰成的故事结局的读者。我们只能在等待高潮中期待失望，所以是一种煎熬。

相比之下，《雷峰塔》和《易经》之所以找不到市场，是因为它的形式实在太保守。六十年代英美世界已经是现代主义全面获胜的时期了，大部分读者对于形式的试验已经习以为常。而张爱玲的中文作品还有点现代主义的意味，英文里全然没有。中文的大都是中短篇。现代主义的长篇小说在中国现代文学史里本来就很少。所以张爱玲的长篇小说应该定位于中国现代文学与以英美现代主义文学为主导的世界文学间的一个断层，不能走进“世界文学共和国”（the world republic of letters）是必然的。

要么从中国主题入手，当时美国的普通读者知道的只有林语堂的一些小说，以及黎锦阳的《花鼓戏》，都不是畅销作品，《花鼓戏》是因为搬上了舞台才开始走红起来。张爱玲讲的中国故事实在太复杂，而且又沉湎于过去，很难转化成意识形态话语，所以谁会去花时间读它呢？

我觉得中文世界能够出版英文原文的《雷峰塔》和《易经》，是一件幸事。可以让我们反思一下文学潮流以及文学市场的历史构成。再将这些英文作品翻成中文出版，也有意义，却是和张爱玲的自我翻译全然不一样的意义。我猜想这两部中文小说会被当作传记来读。不过，请记住，这两本书不是自传（因为不是第一人称，而且被翻译过），所有的自传都不是绝对真实的。

这两本小说的中文翻译在我看来非常可读，我觉得这是一个极重要的优点。因为很多人是要到这个小说里找故事的。中文译文的句子短短的，有一种轻盈的跳跃性，给张爱玲的原文平添了一种时代感。我觉得这本身就是对张爱玲的忠实。张爱玲描写的是遗老遗少的生活，她自己可不是一个守旧的人。然而现在再读张爱玲的英文，多少觉得有点霉味儿，比如下面这一段：

The older woman was seated on a porch against carved latticed doors. The girl stood with a hand on the chair back, the summer silk of the wide garments falling down straight, the tiny slippers lost in the shadows under the trousers so that she seemed to float without feet, tall and slender. The full young face under the zigzag central parting was like an egg standing on its larger end. There was a faint smile on her lips but the almond eyes were surprisingly laughing, almost sarcastically. What about? The photographer burrowing under the black cloth? Just the giggles coming out at having her picture taken?

这英文描述出来的形象实在不是很美，脸像一个“倒立的鸡蛋”，人站在那里好像没有了脚。通过优雅的中文的媒介，这幅图画美了许多：

太婆婆端坐在门廊上，背后是雕花门。奶奶立着，一手置于椅后。宽大的夏日旗袍直罩而下，小小的绣鞋掩在袴脚下，漂浮浮的，亭亭玉立。鸡蛋脸，年轻丰韵。头发中分，发线不齐整，唇边的笑淡淡的，杏眼却笑意盎然。几乎透着讥诮。讥诮什么？藏身在黑布下的摄影师？拍照那一刹那那抑不住的傻笑？

译文很喜欢经营意象，有一点现代派的意味。比如下面一句：

顶楼上很舒服，就是荒芜的水泥与天空总害她口渴。她坐在一块水泥桩上看书。什么也不想。事情却自然而然跑出来，站在空空的地板上，环绕着她，蹲着的几何形体，静悄悄的，在她心里一言不发，却是存在的。

我第一遍看时很喜欢这句子，却没看懂。“蹲着的几何形体”指的是什么，楼顶上另外的水泥墩子？怎么会“在她心里一言不发”？我发现译者喜欢暗喻，喜欢罗列意象，而我是一个过于理性的读者，偏偏要去考虑意象的指征。去查英文，原来很简单：

She sat reading on a concrete stump, not thinking, yet certain things made themselves evident, standing around her on the empty floor, low squat geometric shapes so silent they were wordless even in her mind but nevertheless there.

英文不会混淆，是因为它的句法结构自然让你知道那几何形状指的是她脑子里的想法。译者不经然翻译了英文的文法，这应该可以算鲁迅说的“硬译”，却恰恰是文字创新的源泉。

但是也有相对我的口味过分诗意的话。比如这一段：

> “我还没离开人。”她对自己说。不晓得为什么这么说，为什么觉得安慰。痛楚将她圈禁在盒子里，圈禁疯子似的，唯有慈悲的松懈穿过，美丽动人，无法形容。

这里就不是意象的问题了，而是有关抽象的观念。什么是“慈悲的松懈穿过”？因为不明白所以不知道为什么“美丽动人”。

查了原文，原来是一个非常扰人的普通字眼：

> “I’m still among people,” she said to herself, not knowing why she was saying this and why it should comfort her. In the agony that shut her in a box like madness, anything that came through was merciful relief, infinitely beautiful and touching.

“people”指的是上一段弹棉花的男人，大概应该翻译成“人群”比“人”要具体一些。关键是“came through”那么简单的一个词，却没有合适的对应物。我觉得只能意译：“任何能够突破重围打动她的东西，都是慈悲，都是解脱，因此而美丽动人，无以言表。”

2009 年 5 月

姚克：从上海走向香港

姚克（一九〇五至一九九一年）是现代文学史上的一位重要的剧作家，他的创作在现代文学历史上虽然没有曹禺、老舍那样脍炙人口，因为他的作品已经从舞台上基本消失了，但是他的文化活动却在今天看来仍然具有意义。姚克是个海派作家，也是个香港作家，又是个旅美华人。他的经验总体看来是一个越界的经验。所谓界限，并不是超越历史的绝对的界限，也不等同于身份的不同。界限本身的构成是由于种种的历史因素，促成了界限两边的不均衡发展，比如经济的、法律的、政治的因素都是需要深入考察的。姚克针对当下的文学文化研究的意义，在于他的经历展现了上海与香港这一历史的“界限”的生成以及对文化生产的影响。他的经验提醒我们在考察两个城市的历史时，既不能把两个城市对立起来看，也不能将它们孤立地去考察。现代城市是一个网络，正是因为城市与它周遭地区甚至遥远的地区的联系，而构成了城市的价值与意义。所以把城市作为考察文化历史的范畴，相对于惯常的以国族为单位的文化史，既是一个更为小的尺度，又是一个更为大的尺度。（其实城市既然是一个文化流通的场域，应该去书写一个文化或者文学史吗？比如当下写一本上海文学史还具有意义吗？这都是需要考察的问题。本文暂且不做深入讨论。）姚克是一个跨界的文化历史中的重要人物，但是却不代表文化史本身。

除了跨界之外，姚克的创作还涉及现实主义的书写问题。姚克基本继承了现实主义的人文精神和传统。他曾经说过他最看重的作家是易卜生。他的现实主义，就是关注底层，关注弱势人群。与悲喜剧（melodrama）的形式联系起来，他的作品就是希望能够在观众之中引起对底层和其他弱势人群的共鸣。但是现实主义，于二十世纪在布莱希特（Bertolt Brecht）等人的批判之下，越发显得是十九世纪资本主义的产物。这种说法对于非西方国家的文化历史并不适用。中国二十世纪的现实主义基本上是左派反对资本主义文化模式的工具，这并不意味着左派的现实主义没有意识形态化。这种意识形态化在一九四九年以前已经产生，在此之后当然更为明显。像姚克这样的自由知识分子，对于现实主义的应用，是一个和主流意识形态之间不断角力的过程。所以姚克的意义必须以中国文学史中的大问题为背景来进行考察。只有这样，才能说得清香港在中国的文化格局中的位置。

一、姚克与上海

描述姚克在香港的文化活动与文化认同必须把上海这个“始发地”的文化特色讲清楚。姚克并不是上海人，他的原籍是安徽歙县，出生地是福建厦门，成长在江苏的苏州。籍贯，对姚克来讲，并不是一个一句话就能解释清楚的事情。在一篇题为《籍贯与故乡》的短文中，他仔细地剖析了自己的从属感，他的结论是“多年来我一直自称为歙县人，但精神上，我是属于苏州的”。很简单，那是因为他的母亲是苏州人。但是姚克一方面有着很强的乡土感，另一方面有着极其复杂的行旅经验和文化历程。他曾经留过洋，在二十世纪三十年代访问过苏联、欧洲，在美国的耶鲁大学研究过戏剧，四十年代初返沪，又于一九四八年离沪赴港，一九六八年底离港赴夏威夷，直至九十年代初在美国去世。他是个典型的移民，他的足迹从中国内地来到了香港，从亚洲延伸到北美，然而单单这一经历本身并没有什么特殊性，关键是，姚克在意识上恐怕比很多具有同样行旅经验的人都走得更远。

姚克在上海的文化活动中有很特殊的一面，那便是他很早就与西方世界有接触，并用英文、中文同时进行创作。三十年代初，他曾经协助斯诺编辑了一部英文版的中国现代小说选，借此机会结识了鲁迅。同时他又从事英译中的工作，曾翻译过美国作家兰斯顿·休斯（Langston Hughes）的短篇小说，在鲁迅编辑的《译文》杂志上发表。休斯到上海访问期间，由“左联”安排发表演讲，是姚克替他做翻译。姚克还和林语堂、吴经熊等人合作编辑过英文刊物《天下》月刊。他在《申报》上发表散文批评过某些美国人对中国的“东方主义”式的描述，也在上海的英文报纸上发表文章，向西方世界介绍中国当代的文化发展。对于姚克这样的文化人，中文和英文，中国和西方是两个并存的、接轨的世界，他们不是一大一小的同心圆，而是两个圆圈，有重合的部分，也有分开的部分，应该说，上海正是连接这两个圆圈的重要环节。

对于现代文学中中西文化问题的研究，历来以鲁迅先生的“拿来主义”作为基调。实际上，鲁迅除了中国中心的一面，还有面向世界的另一面。在与姚克的不少通信中，鲁迅都主张，“写英文的必要，绝不下于写汉语”，“关于中国文艺情形，先生能陆续作文发表，最好。我看外国人对于这种事，非常模糊，而所谓大师，学者之流，则一味自吹自捧，绝不可靠。青年又少有精通外国文者，有话难开口，弄得一团漆黑”。产生于“华洋杂处”的半殖民地社会里，用英文写作当然不能看成一个单纯的文化行为，它所暗示的文化政治关系既同后殖民理论中所讲到的“东方主义”、混杂性（hybridity）、戏仿（mimicry）有相似的地方，又有强烈的地方色彩。用英文写作是代表了一种“后殖民”的“混杂”，但是，从事这种写作的人却并不是典型的“后殖民的主体”，他们对中国的传统文化有着深厚的感情，对民族主义（nationalism）有着执着的，甚至于天真的信念。用英文写作是这些在生活作风、文化训练上已经不同程度地西化了的知识分子走向世界的桥梁，它是一种翻译，翻译者自己就是作者，翻译的对象是西方。实际上这个说法也并不准确，因为当时很多英文杂志的读者也包括上海本地的大学生和其他有过英文训练的知识分子。上海是个移民社会，东方和西方并不能以国家的边界作为界限。具有双语能力的知识分子所从事的工作因此传达了一种三十年代上海文化特有的“外向性”，当然这种“外向性”是局限在相信精英的知识分子圈子的一个文化现象，大众文化中的“外向性”需要另行考虑。

如果说姚克的英文创作和他的中文创作有什么共通之处的话，那么应该说这两种文化实践所产生的张力使他对语言问题变得十分敏感。一九三三年，姚克用英文在《字林西报》上发表了一篇回顾新文化运动的文章，其中总结了“颓废派”、“新感觉派”、普罗文学和新生的“幽默派”的经验，在描述过程中他打破了二三十年代统治文化界的古今、左右、中西的观念对立，认为新文学的实践共同提出了一个问题，那便是语言问题。“为了充分地表现一个日新月异的世界，语言必须不断地充实自己。”“现代的通信设备使得世界不断融合，东西方互相影响。作为新生儿的白话，如果拒绝接受本土和外国的养料，不可能发展成为一个活生生的语言的。”姚克又提出，任何语言实践，都要经过“大众的考验”。然而什么是“大众”的语言？姚克脑子里的“大众”又是什么样的人呢？姚克在给一位美国学者耿德华（Edward Gunn）的通信中谈道：“二三十岁的时候，我曾像同时代的人一样是易卜生的追随者。等到在苏联、西欧旅行了一番，又去耶鲁戏剧学院读书，从莫斯科到纽约看了不少戏之后，我开始对西方戏剧产生了怀疑（我所指的是当代的西方戏剧）。在我看来，西方戏剧对于西方观众来说已经过于艰涩，智识成分过多，更不要说中国的观众。对于这样的观众来说，西方戏剧背后的思想和生活方式必然是完全陌生的。”耿德华认为，姚克四十年代的戏剧创作基本反映了两条线索，一方面追求与传统文化、传统戏曲的有机融合；另一方面慑于四十年代在孤岛已经发展起来的商业剧场的压力，不得不借用许多煽情的悲喜剧的成分。很多悲喜剧的成分直接取材于好莱坞电影。譬如，姚克曾写过一部话剧，叫作《七重天》，正巧与好莱坞的电影同名，连情节上也有很多相似之处。有关姚克的历史剧和时装剧对于西方文化、传统文化的吸收，及其在四十年代上海文化中的位置，还有待更深入的研究。归纳起来，姚克西化的一面、传统的一面、面向观众的一面，应该说是他在三四十年代的上海的文化活动的主流。在本文中我更感兴趣的问题是这样的一个中西合璧、立足上海，又面向世界的知识分子，到了香港这个以不同方式融合中西、贯通古今的城市之后是如何界定他自己的位置的。

二、香港五十年代

香港的四十年代末五十年代初是一个移民的时代。据吴昊所述，香港一九四九年五月以前人口有一百六十万，到了一九五〇年四月底，人口竟暴涨到二百六十万。在这样的大批移民的压力之下，房屋、食物、社会服务都成为问题。文化界文艺界对于这样的香港做出了什么样的反应呢？大部分学者认为，南下作家、南来影人对香港是漠视的。刘以鬯曾在《五十年代的香港文学》一文中指出南下作家多半是不愿表现香港现实的。张建德也指出："在国语电影导演的眼中，香港几乎是不存在的。他们电影中出现的香港是一个抽象的、虚设的城市。实际上，这些上海移民是在制作'上海'电影——拍电影的地点虽然是香港，但影片上的楼房街道都像在上海；人物像典型的上海居民；对白有上海腔。香港的国语电影，无论风格、主题和内容都令人忆起三十年代的上海经典电影。这些导演回避描写香港社会实况，把故事放在上海及其他北方城市，都显露了他们的北方背景，以及他们对香港的不熟悉。"

我想这些看法虽然在国语电影中能够找到不少例证，却不能以此来概括所有的上海影人的主体性。对于香港社会的不熟悉是客观事实，有过移民经验的人都能够理解面对一个新鲜的陌生的环境而无所适从的感觉。但是这种陌生感并不一定只能带来怀旧的情绪，即便怀旧也未必意味着对香港的文化创作毫无贡献。罗卡在《香港—上海：电影双城》的后记中提醒我们，研究香港和上海的电影交流不必囿于文化上强势弱势的模式，文化也需要经济实体的支撑，电影即为“机械化的（文化）再生产”，尤其如是。实际上，“光复之后，香港电影复原得比上海更快更健壮（上海此时陷于接收的混乱时期，经济、政治都不稳定），大量影人开始南下香港，作为电影工业与文化重心的上海，已被香港迎头赶上了”。姚克在《清宫秘史》剧作者的自白中证实了罗卡的这一观点。他说：“一九四八年的夏天，中国金融的危机已到了非常严重的阶段……我是薪水阶级的人，不得不作‘逝将去女’的打算。”又说：“在《清宫秘史》的摄制过程中，我早已决定在香港作久居之计。因为电影和戏剧是我本性所爱好的工作对象，而且香港的币值稳定，生活程度也相当廉宜，不像上海那么混乱。永华公司设备和器材之精绝非国内各片厂所能及……”可见上海影人以及文化工作者，和一般的移民在一定程度上具有共同之处：那便是迁徙对他们来说是一种非常现实的经济行为。香港对于上海的经济强势直至今天仍然是吸引内地人南移的一大因素。在这样的情况下，上海影人对香港的态度不可能是一味地消极回避，他们很可能借助香港的物质条件努力发展电影事业。即便他们对香港底层生活毫无感觉，实际上已经参与了对香港的想象，并在这过程中被香港的现实所界定。他们是在与香港的对话中变成地地道道的"香港制造"了。

据香港电影数据馆的记录，在一九四八到一九五四年期间由姚克署名编剧的电影共有九部。它们是《清宫秘史》（一九四八）、《豪门孽债》（一九五〇）、《一代妖姬》（一九五〇）、《女人与老虎》（一九五一）、《爱的俘虏》（一九五一）、《人海奇女子》（一九五二）、《此恨绵绵》（一九五二）、《名女人别传》（一九五三）、《玫瑰玫瑰我爱你》（一九五四）。与他合作的导演有卜万苍、李萍倩、程步高、张善琨、朱石麟、刘琼、屠光启等，都是上海影人。制作他的电影的公司有永华、长城、新华、泰山、邵氏等。可见姚克五十年代在香港的活动是十分活跃的。因为没能看到这些电影，我只能从叙事的角度略加分析。首先，这些电影体现了西方文学、西方文化的影响，这对姚克这样西化的知识分子来说应该是不足为奇的。譬如，《豪门孽债》根本就是根据陀思妥耶夫斯基的小说《被侮辱与被损害的》(*The Insulted and the Injured*)改编的。它基本上是一个有进步意识的现实主义作品。然而，这部电影虽然从“社会问题”入手，但是其故事的发展并没有严格地按照阶级分析的观点来进行。正因为如此，这部电影在公映之后，曾受到一些左派批评家的攻击。故事发生在一九四五年抗战胜利之后的上海，主要描写了官僚资本家在收复资产的过程中表现出来的残忍、霸道的本性。故事结构实际十分复杂，照导演刘琼归纳起来，这部电影表现了多种典型人物。刘琼说:“这里有代表暴虐淫恶的豪门人妖，有以欺骗逢迎起家的小豪门及他们的走狗，有不管对象只一味地讲‘信用’讲‘义气’的民族资本家，有思想进步而无实际行动的闭门写作的知识分子，有被侮辱与损害了的没落的小资产阶级，有糊涂而热情的青年男女……”也就是说，姚克对社会阶层的描写过分复杂，并不符合对不同阶层的脸谱化处理，未免为机械的左派影评人所诟病。首先,《被侮辱与被损害的》的对象并不局限于某一个社会底层。电影里面的恶棍高攀龙是靠欺骗有钱华侨而起家的，他花言巧语骗到了老华侨的女儿，怂恿她把父亲的钱偷到手，之后又把她抛弃。电影开始时，通过刘琼(扮演青年作家岑默)的眼睛，我们看到被肺病折磨的中年妇女拖着女儿苦苦哀求已经穷困潦倒的老华侨父亲原谅的一场戏。可见他们是最受“侮辱与损害的”人。其他被“侮辱与损害的”人还有正直的民族资本家江忍庵及其女儿。这些人在严格意义上都不是穷人，难怪在电影出品之后，影评人孺子在《全民报》上著文批评这个电影过分表现“资产阶级养活工人，掩饰了资产阶级对工人的剥削”。另外，这个电影的爱情故事也为一些左派影评人所不满。一位影评人质问道：“豪门的罪恶中，究竟摧毁民族工商业罪大，还是拆散一对爱侣的罪大呢？”在这样的批评压力之下，刘琼不得不撰文检讨自己的幼稚、无知，甚至公开对“本剧的剧作者姚克先生致莫大的歉意”。然而，这个电影是因为刘琼的失误才无法完全体现原作中的进步思想，还是姚克本人的世界观始终与经典左派的政治观点不能完全吻合呢？我想恐怕两者都有。罗卡曾指出，“其实五十年代初的大部分香港国语片，从意识的表现上言都有‘左’的倾向，至少就其反封建、反旧社会的腐败现象和对资本主义的抗拒的意义上言是如此”。罗卡又言：“直至五二年以后，内地市场大门关上，香港影人必须大力开拓东南亚特别是中国台湾这个新市场，左右的分家才告明显。”一九五二年刘琼等进步人士被逐出港。

五十年代也许正是左右势力竞逐香港影坛的时候，像姚克这样关注现实却从没有明确地站到“左”倾文艺的阵营里的艺术家，在五十年代初期被夹在中间，应该是可以预料的情况。

一九五〇年姚克编剧的另一部电影《一代妖姬》也是既关注现实，又借鉴西方文学的一部作品。这部电影由李萍倩导演，白光主演，其故事发生在离五十年代并不遥远的北伐时期，但是对于剧作家姚克来讲，这个故事已经是一个历史剧了。在长城出版的电影故事前言中，姚克写了题为《向历史学习》的一篇短文，文中指出他的电影试图表现的是一个“民不畏死，奈何以死惧之”的历史教训，他希望统治者能够“向历史借镜，向历史学习，以‘革新政治’来代替‘压迫人民’”。姚克认为：“历史永远在重演，人永远在向历史学习，可是永远没有学乖。这是人的悲哀。”但是，熟悉西洋文化的观众都能看出，姚克试图在银幕上重现的可不完全是中国历史的一个片段，电影的结尾是依照意大利歌剧《托斯卡》(*Tosca*)的故事编排的。姚克所谓“向历史学习”的主张是虚晃的一招，实际上这个故事并没有把历史真实看得很重，甚至于这个故事不能算得上是严格的历史故事。从观众的角度来看，恐怕这个电影的历史教训并不是它最为突出的一面。五十年代是歌舞片的时代，充满了歌坛影坛两栖的女星。白光可谓是中间十分耀眼又极有个性的一位。白光扮演的既是好莱坞版的“红颜祸水”（femme fatale）的形象，又有几分革命女性的特点。她的角色与《清宫秘史》中的珍妃的形象十分接近，基本上是开明进步的新女性。姚克的故事实际上表现的就是这样一个新女性的三角恋爱，如果说它是为了迎合女演员的特长，适应当时商业电影的要求而制作的，那是不难想象的。但是为什么姚克要在电影故事出版之前给这个故事加上这样沉重的道德负担呢？

我想这恰恰表明《一代妖姬》这样的电影暗示了姚克从上海“南下”香港的转变过程中的一个重要转折点。姚克的历史情结要追溯到上海的孤岛时期，要追溯到在上海就已经搬上了舞台，到了香港又被搬上银幕的《清宫秘史》（一九四八）。《清宫秘史》是研究南下影人一个非常重要的案例，首先因为它的从属不清。它在一九四〇年就被搬上舞台，一九四八年又由香港永华公司拍成电影，这中间已经有了一个双重“再现”的问题，不只是姚克对历史的表现（representation），而且是电影对舞台剧的“再现”（representation）。在这双重的再现之中，《清宫秘史》应该算是“香港制作”，还是“上海制作”呢？它是“相当写实”的历史剧，还是活写历史、影射现实的“类”歌舞片、“类”历史剧呢？这些都是问题，其重要性正是在《清宫秘史》一九六七年受到批判之后才逐渐地显露出来。

三、《清宫秘史》以及香港的边缘性

我想提出的假设是《清宫秘史》及其引起的风波，集中地体现了香港相对于内地的边缘性，而如何描写历史是界定这种边缘性的一大因素。

具体来说，姚克在一九六七年受到批判之后，曾写了一篇题为《〈清宫秘史〉剧作者的自白》的文章，其中讨论的一个重点就是将舞台剧改编为电影的过程。他说曾与导演朱石麟、片场老板李祖永有多样分歧，譬如朱石麟希望姚克为电影加两三支歌。姚克认为《清宫秘史》基本是写实的作品，“珍妃是否会唱歌，我不知道；即使她会唱，至多也不过唱些当时北京流行的京戏和北方小调，或广东的民歌……周璇唱的现代流行歌曲要到二十年代才有。珍妃嘴里唱出流行歌曲来，那非但不合时代，而且会破坏写实电影的真实性”。另一个分歧的焦点是关于对光绪的表现。姚克声称电影结尾之处关于老百姓爱戴光绪这场戏，光绪把御书房里的那场戏中“得人心者得天下，失人心者失天下”这两句话复述一遍并不是他设计的，而且他根本是反对这样描写光绪的。因为在他看来，光绪是否是个好皇帝并不是这个戏的主题，它的主题是“骨肉和新旧之间的互相残杀必造成两败俱伤的悲剧”。所以电影在珍妃殉情后就应作结。这两个分歧十分重要，第一个分歧有关历史真实与商业化的冲突。姚克四十年代所创作的历史剧也不是要还原历史真实的。关于《清宫秘史》，他说过，历史事实与历史人物并不像历史学家所描述的那样简单。历史学家也有不同的观点和信条，他们的记载和描述肯定是不同的。虽然如此，《清宫秘史》舞台剧的表现手法却可以说成是现实主义的，但是舞台上的现实主义却不能满足电影的要求。话剧是对历史的一种“摹写”（mimesis），所以它的人物性格是要统一的，结构是要完整的；电影却是要“跨”时间的，“跨”界的。所以珍妃/周璇可以唱出二十年代的流行歌曲，可以掏出私房钱为海军捐款。电影在过去和现在之间的“游走”，由此所产生的历史想象，由此所造成的“影射”现实的可能性，从文本上来讲，正是这个电影在“文革”时期被批判的一大原因。

姚克一九六七年的文章暗示，《清宫秘史》的结尾将光绪美化这场戏并不是偶然为之的，完全是导演朱石麟、制片人李祖永有意设计的。他在文中说，朱石麟的脸上“虽没有推卸责任的狡狯，可是他的眼神里却闪烁着一种冷隽的光芒”。姚克又说，“当时我只顾向祖永提出删改结局的理由，却没有问他为什么要加这场戏。现在回想起来，他在最后强调‘得人心者得天下，失人心者失天下’这两句话，也许是针对着一九四八年豪门误国，金融混乱，以至于造成人心离散的现象而言。可是有些批评家偏骂这场戏‘大肆美化光绪皇帝’‘污蔑劳动人民’，没看出它寓意之所在”。可见，这部电影对现实的影射是在编导者的设计之中的。

视线在现在和过去间，在本土和异域之间的随意游走，是香港电影的一大特色。只要联想一下徐克的《黄飞鸿》系列就不难理解。姚克五十年代初期的电影，可以看成是为后来更全面地融合通俗文化和历史想象的香港电影所做的准备。这种“游走”在《清宫秘史》中的命运更加界定了香港与内地的距离和差异。有趣的是，姚克的历史包袱在《一代妖姬》之后就完全从电影里消失了。他在五十年代的其他作品，《女人与老虎》《爱的俘虏》《人海奇女子》《名女人别传》

《此恨绵绵》《玫瑰玫瑰我爱你》都是娱乐型的轻喜剧。上海和香港的差异完全是通过女性角色的遭遇来反映的。他的话剧也沿承了这一传统。

四、《陋巷》中的戏中戏

姚克在六十年代的活动，以话剧和剧评为主。其中《陋巷》最为重要，因为它进一步地提出了一个如何表现香港与上海的关系的问题。《陋巷》是应香港戒毒会之约而写的。故事发生在九龙城寨，是姚克本来并不了解的小区，但是他为这个话剧的创作进行了五个月的调查研究。在《〈陋巷〉琐记》中，他写道："像这样一个剧本当然和一般剧本的性质不同。它所描写的是现实生活中的一鳞半爪，它的方法是连缀和组合，它的性质是所谓的'生活的片段'。"他又说："我为什么要写一个'生活片段'型的剧本？答复很简单。因为在五个月的观察中，我所看到的仅是许多生活的片段。记得在一个新月之夜，我和引导我的朋友在某某村后边的一块旷地经过。我看见一个瘦弱的少女和一个肺痨型的少年，并坐在一堆砖石上聊天。她双眼灼灼的，正在形容酒家残肴的丰美（只有一个经常挨饿的人才会像她那么兴奋！），可是他却冷冷地告诉她：食人唾余是不合卫生的。这一瞥间的印象虽很短暂，却非常深刻。第四景中亚仙和亚伟闲谈，就是从这一个片段渲染出来的。”可见,《陋巷》的作者是一个老老实实的写实作家。据曾在他的剧里扮演主角的殷巧儿回忆，为了排演这个戏，姚克还曾要求演员到九龙城寨里去体验生活。

与姚克创作的五十年代的电影剧本相比，这个话剧倒是取材于香港的生活，而且是中下层的生活。但是九龙城寨是移民大量聚居的小区，这里和上海的联系是千丝万缕的。话剧中有一个人物白小姐，本来是上海大名鼎鼎的影星，因为吸毒和贫困，沦落到了这个贫民窟里。当被一个记者认出来之后，她马上编了一个故事，说:“我怎么会住到这个地方呢，杨先生?说来话长了。我们公司的张老板要我拍一部像战前《马路天使》那样的戏，可是我对妓女的生活知道得太少了，所以特地到这儿来实地观察，体验各种不同的生活，才能够演什么像什么。”换言之，贫困生活是被舞台的框架所界定了。姚克在提醒我们这个话剧对于香港的表现不是透明的，不是单向的，而是隔了一层的。甚至于它是否算是一个“香港”作品都是需要考虑的。白萍不愿意承认她对香港的从属，即便是生活在贫民窟里她仍然放不下明星的架子。但是，姚克又在暗示我们白萍这样的人物对于香港是有十分实际的贡献的。譬如，在第三景，为了帮助穷教师王式辉，曾瘿公出了一个主意让白萍假扮校长，这样等到真的校长来雇用王式辉时，可以借此来谈判工资。自以为是的白萍就这样被纳入了一场戏，使得她的艺术真正为生活所用。白萍说道："我知道，刚才杨先生到这儿来，我就猜到他一定有什么事。（自作聪明地）《镜报》要演一台义务戏，是不是？"曾说："戏倒是义务的，可不是《镜报》要你演，不知道你肯不肯演。"白道："演戏我是最喜欢的。说实话，舞台出身的演员都觉得拍电影一点儿不过瘾，每一个镜头得等老半天，拍起来一眨眼就完事，好比嫁个在轮船上做事的男人一样，好容易一年半载回来一次，亲热不到三五天，他又得走了。演舞台戏就不同了，一上台就三四个钟头，连着几个星期，也许几个月。我好久没演舞台戏了，正想过过瘾儿，何况是您曾先生来说的，我还能说个'不'字吗？"在《陋巷》里，这场戏中戏自有其十分滑稽的成分。譬如，当一个美国水兵从这个贫民窟前经过时，白萍马上忘掉了她扮演的校长的角色，离开了排演场，追着水兵去拉生意去了。这说明，演戏不能够解决生计问题。但是，演戏却可以使得穷人团结起来对付敌人。在话剧的结尾，白萍等人联合起来戳穿了恶霸添和豆皮洪的伎俩。

《陋巷》给写实主义予以新的解释：它没有从香港的现实该如何被搬上舞台的问题入手，而是提出了一个新的思路，那就是舞台如何介入香港的现实。在这个介入过程中，舞台本身得到了改变。姚克曾说过，他一生中只写过三次为宣传而作的戏剧，第一次是国难当头的抗战前夕，第二次是在美国留学的时候，第三次就是在香港。有趣的是，这三次都是直接牵涉到身份认同的问题的紧要当头。

姚克这样的南下作家，对于香港文学研究的意义应该是多方面的。在香港主体性的建设过程中，姚克属于“过渡”型人物。他对于本土的香港社会和内地都是边缘的，但是他的边缘性并不等于一味地怀旧。他对这种边缘性和过渡性有着敏锐的意识和深入的反思，这些意识和反思可以通过他的电影、话剧的形式表现出来。姚克文集《坐忘集》里大量介绍西方现代戏剧，但是他同时也指出，香港应该注意研究什么是“中国”的戏剧。他反复说明中国戏剧的现代化不能够为形式而形式，不能不考虑观众。如果说上海和香港在姚克这里体现了任何连贯性的话，那么这个连贯性，体现在他一直思索的中西文化的问题上。上海的地方性已经打破了中国和西方的二元对立；香港这个语境的介入，进一步分解了任何可能存在的统一的“中国性”（Chineseness）；香港迫使姚克考虑一些新的问题，譬如通俗化、现实主义等问题。

2011年5月

02

思考时间

面对战争的“反讽”

五一小长假回家探亲，本来是为了享受亲情，没曾想内地一片“战火硝烟”。五一期间电影院上映的两部大片，《南京！南京！》《拉贝日记》，都是关于二十世纪最残忍的历史事件——南京大屠杀的。电视里热播的也是有关战争年代的电视剧《我的团长我的团》和《潜伏》。我先后逛了几家书店，无意中拣来的书居然也和战争有关。

在飞机上翻看上海性文化专家小白的一篇访谈，其中被问及什么是对待性文化最适当的态度，小白答曰，反讽。反讽是一个非常英美自由主义的字眼，意思是说对什么都保持一点距离，最好不要跳出来表达明确的态度和观点。小白的意思是说，对禁忌固然要采取反讽的态度，对性亦应如此。想起来这战争文化，实际上是最反对反讽的。即便是默默地忏情似的描写战争的陆川，在作品中也是摒弃反讽的。《南京！南京！》里虚构成分最多的那个唐翻译，本来是很具有“反讽”潜力的一个角色。他为德国人干事儿，称日本人为“朋友”，保护同时也迫害了一大批中国军人，保护同时也伤害了自己的女儿和妻妹。他是最准确地理解了“难民营”这个词的意义的人：难民营就是在两军对垒的情势下为无辜的老百姓提供的一个避难所，而他就是一个老百姓。但是他也是第一个摧毁这个避难所的人，他的告密将日军引入安全区，使它的中立性不复存在。应该说，陆川的电影里没有给反讽留有空间，因为情势太对立了，不可能保持距离。不管是日军还是中国人，不卷进去的唯一出路就是死亡，要么成为烈士，要么自杀，像角川那样。

从这个意义上讲，我觉得《潜伏》是战争文化中的另类。它的主角余则成对待战争的态度不能说得上“反讽”，是一种略带几分无奈、略带几分超脱的复杂态度。余则成因为卧底，从一开始就在战争的最外围，大部分时候是没有办法显露他的真实身份的，他甚至怀疑除了自己之外还有没有第二个人知道他是谁。电视剧刚开始，余就想“自杀”，不是真死，而是借敌我双方都不知道是谁杀掉汉奸李海丰之后，假装“殉国”，和他的女朋友远走高飞，去过自由的日子。

其实我不觉得“反讽”作为一种人生态度在中国文化的土壤里能够生根开花，这大概是因为我对“反讽”的理解比较狭隘。我更愿意把这两个字与第一次世界大战之后英国剑桥的知识分子对待现代文明、现代文化的态度联系在一起。这样的理解并不意味着其他的文化中没有“反讽”的态度。

二十世纪初剑桥知识分子提倡“反讽”，恰恰是一种面对战争的反应。战争动摇了精英知识分子对现代文明的信念。他们需要一种新的宗教，一个新的信仰替代物，于是找到了诗，并把诗的原则定义为“反讽”。也就是说既不拥护，也不摒弃现代机械文明，而是维护自身的原则，属于一种独善其身式的哲学思想。现在看起来这只不过是一部分精英知识分子对现实的一种被动和理想化的反应。

而且“反讽”两个字真的很英国，很冷。或许小白对性文化的“反讽”态度，来自上海这个地方某些人对于英国人格的持久迷恋？恰巧《南京！南京！》里的唐翻译和太太讲的是上海话，或者是带有强烈上海口音的普通话。坐在我边上的沪籍朋友诧异地说，为什么发生在南京的故事要讲上海话？我在想，或许“反讽”就是一种上海文化？

《潜伏》的热播大概告诉我们除了对英雄主义的崇拜之外，民间还有一些其他的情绪存在。你说它是“犬儒主义”，但是不能否认，它实际上有原则，有信仰；而且特别重要的是，它是有感情的。实际上，现在全部关于战争的叙事都不是在讲历史，而是在讲当下。

原载于《新民周刊》2009年第18期

《太阳》、《公园》及其智慧

最近看了两个内地导演拍的电影，都是以云南为背景，都涉及个人的记忆，但是因为导演的性格甚至性别的差异，令人感到有的人的回忆仅仅是属于个人的，另外的人的回忆却像是一个谈话的平台，让你产生沟通的欲望，创造这样的可能性。

姜文的电影《太阳照常升起》(以下简称《太阳》)属于我所说的第一类。与某些影评人不一样，我并不认为这个电影不好懂。所谓不好懂的片段，如周韵在树上喊的疯话，以及黄秋生为什么要自杀，或者何以在厨房里工作的女生会随着黄秋生的歌声翩翩起舞，我是没有兴趣去追问的。即便有了答案也并不能使得这个故事更为完整，也不能使我感觉到导演是在对我讲话。我明白导演追求的是视觉效果。好比一个老式照相机里藏的底片，只不过，把平常的逻辑反过来，这个底片的世界比现实的世界还要绚烂，比具体的生活还具有更多的细节。然而这理智上的认知并不让我觉得自己的智力有所增长，相反，我觉得这个电影有一种反智的倾向。最好观众能满足于电影给你提供的画面，如果不满足，那是你自己的问题，是你不理解那个时代，是你读不懂姜文，是你不懂电影，等等。再加上《太阳》里的女人都是疯子、怨妇、神经病之类的人，作为女性观众，我不禁觉得这个反智倾向是一种很有压迫性的势力，令人反问那些女人怎么会变得那么疯。

说到智慧的女人，最近在屏幕上发现的一个形象来自西班牙导演路易斯·布纽尔一九六七年的电影 *Belle de Jour*，中文翻成《白日美人》。《白日美人》主角由年轻时的凯瑟琳·德纳芙（Catherine Deneuve）饰演，一个舒舒服服的中产阶级家庭的冷面主妇，不料却藏着一颗火辣辣的反叛之心。德纳芙日常生活之外的另一个角色是妓女，她操此营生当然不是为了钱，而是为了满足在梦里不断侵扰她的欲望。德纳芙的角色无疑是个聪明的女人，换到好莱坞导演的手里，搞不好就变成了一个女性主义的英雄。但是布纽尔想得更深更远。在他那里，德纳芙的美丽像是一缕智慧的阳光，照亮了身边所有的人，揭示了中产阶级生活方式的真谛。无论是她黑道的情人还是一本正经的丈夫，到了电影结尾的时候都显得更聪明了。通过一个美丽的女人穿针引线似的讲了一个关于某个时代、某种生活方式的大故事，这个大智慧不是一般导演可以相比的。

另外一部云南背景的电影是小制作，叫作《公园》。与《太阳》不同，这个电影平白朴实，有点不敢让人相信是“下半身”诗派的女诗人尹丽川的作品。后来到网上去找尹丽川的诗，发现其实也并不像“下半身”这三个字所传达的那么毫无遮蔽的自我炫耀。比如有一首题为《经过民工》的诗，充满了《太阳》中所没有的姿态——反讽。讲的是“裹在超短裙里的下半身”和“没有穿内衣的上半身”如何在民工的眼里被忽视。时尚女郎的下半身被比作民工碗里的“大白菜、土豆、两块肥肉”。很聪明的自嘲。一方面暗指性如同衣食住行一样基本，因其朴素而难以捕捉；另一方面也是说在错乱与混杂的当代社会里，性这个东西的文化内涵只能因人而异，不可能有统一的叙述。“下半身”的写作大概没有办法不通过“上半身”完成。

应该说《公园》是一个“上半身”的作品，更准确地说，它是属于那个既不是上半身也不是下半身的中国文化中的范畴——“心”的作品。一个平常的父女感情的故事折射出不同的时代、不同的生活给人造成的共同的压力。小说的结尾讲的是女人普普通通的回忆：在昆明的翠湖公园，父亲带女儿划船，买了两支冰棍，你一支，我一支。这两个作为父女的隔代情人，彼此深爱，却总是互相伤害。与《太阳》不同，《公园》中回忆的目的是为了沟通，不是要把自己孤立起来，让别人欣赏。这个姿态表达了一种智慧，我想是会被观众所认可的。

原载于《新民周刊》2007年第41期

历史的“真实”

一九○九年十月，日本政治人物伊藤博文在哈尔滨火车站被韩国义士刺杀，从而加速了次年日本全面吞并韩国的进程。但是如果暗杀未果，伊藤在政坛上继续施加影响，军方势力因此受到压制，那么历史该是什么样的呢?

韩国导演李时明（Si-myung Lee）的处女作《2009失去的记忆》就是从这样的假想开始遥想一百年后的发展的。二○○九年，汉城沦为一个殖民城市已久。日本在二战之中并没有站在英美的对立面，原子弹没有投到广岛和长崎，而是在柏林上空爆炸了。战后韩国作为战利品被美国奖励给了日本。日本表面上有效地统治着韩国，暗地里韩国民族解放势力不断地对殖民政权进行骚扰……

张东健扮演的男主角是一个为日本人做事的警察，从语言到生活方式完全日化。他的搭档和朋友是曾在娄烨导演的《紫蝴蝶》里出现的日本演员仲村亨。张的忠诚从来没有被怀疑，直到他为追查一起绑架案，直捣一家有势力的日本公司的老巢而止。

这个家族企业的祖先正是一九〇九年当场杀死刺客、救过伊藤一命的侍卫。但是他承担的远不只捍卫伊藤一人或者是他这一方的势力，还承担着捍卫日本历史（实际是伪历史）的重任。原因在于韩国民间的一个法器，被这个家族掌握在手里。

这个法器具有令时间倒流、改变历史的功能，哪一方掌握了它，哪一方就可以让历史按照自己的意愿发展。

后来张东健倒戈韩国解放军，被派回到一九〇九年的哈尔滨修正历史，仲村亨跟踪而至，试图维护伪历史。两位好朋友的民族情绪都得以充分发泄，个人恩情全抛脑后。毕竟是韩国的制片，故事终以仲村亨的失败、张东健的胜利结束。

这个电影表面上毫不搞笑，实际上却在不动声色地对一些宏大严肃的东西幽了一默。比如民族主义者总是要求恢复历史真实，这个电影一边一板一眼地按照这个逻辑编故事，另一边又随便地拎出一个时间，随意篡改历史。一九〇九年十月真的那么重要吗？伊藤不死反而让殖民地多存在了半个世纪。看来导演无意拨乱反正。

有一个好处，就是殖民地多存在一天，民族主义也就多一天表演的舞台，也就是说如此严肃的政治事件和极不严肃的武打电影有暗合之处，两者都在打造英雄。一些成不了英雄的普通人不免多死几个，但是这也不在导演关心的范畴之内（原子弹仍然爆炸，只不过死的不是日本人）。正如电影里靓仔之外还需要很多并不漂亮的人牺牲了作为陪衬，因为这就是动作片。导演又趁机把这个模式嘲弄了一番。

至于这个电影该不该用这样重要的话题调侃，是另外一回事，需要更深入地研究。不过有一个道理，倒是令我认同，那就是某些历史真实，真的不必追究。

曾有一桩特大新闻是一位九十多岁的老人突然站出来，对媒体宣布他原来就是在一九七三年向《华盛顿邮报》记者提供有关“水门事件”的重要线索的内线，三十多年来一直被媒体描述成一个“声音低沉的人”。此人真名为马克·费尔特，原任联邦调查局的第二把手，因为没有被提拔为第一把手而心怀不满。一九七二年六月作为民主党总部的水门大厦被盗事件发生之后，他利用职权掌握了大量情报，使他与《华盛顿邮报》的两位记者秘密接触，引导他们一步一步地把焦点聚集到尼克松身上。

《声音低沉的人》本来是一部三级片的片名。在他的真实身份暴露之后，费尔特家人反复强调他不是那种躲在暗处打骚扰电话的色情狂，不是一个坏人，而是一个英雄。实际上这事的暴露是因为后台一笔交易没有谈成。《华盛顿邮报》记者三十多年来一直在与费尔特家族交涉到底由谁来揭穿“声音低沉的人”的真相。费尔特突然向《名利场》杂志披露真相，搞得《华盛顿邮报》措手不及，从而也就抢在两个记者之前赚了一大笔钱。

一个为争夺故事权的纠纷，在普通老百姓看起来好像是给历史补充了一些细节。这些细节重要吗？我觉得很重要，如果你把它当作故事来看。

真不能小看媒体和流行文化，它们往往能够告诉人们一些很深刻的东西。只不过是要跳到框架之外看。很多媒体中人，被自己编的故事束缚其中，反而看不到了。

唐璜演绎

不知道为什么，中外的影坛剧坛忽然间又对唐璜这个形象产生了兴趣。

二〇〇三年底好莱坞重新演绎了二十世纪六十年代走红的大片《阿尔菲》。阿尔菲是一个受女人宠爱却只爱自己的男人，他成功地逃避了一次又一次的婚姻，甚至逃避了做父亲的责任，但是一句话却击中了他的软肋：他（指另外一个男人）比你年轻。“年轻？我难道已经不再年轻了吗？”阿尔菲突然对自己的生活产生了怀疑。

在凤凰卫视的一个节目里，话剧《琥珀》的编剧廖一梅感叹道：只有懂得悲哀的唐璜才可爱。不过阿尔菲的悲哀只持续了几秒钟，而且是极其混乱的几秒钟。

英国靓仔裘德·洛被午间电视主持人、年近半百的欧泊拉请到了节目上，没谈出什么，却见主持人按捺不住地与这位帅哥调情。我禁不住为英国男影星在美国屏幕上的委曲求全而感到难过。休·格兰特到了好莱坞后也不得不努力摆脱其儒雅敦厚的书生派头，演了一系列搞笑的唐璜形象。难道英国男人已经和唐璜画了等号？

其实这些英裔唐璜完全是为了讨好好莱坞才创造出来的。阿尔菲的英国口音和他那套欧陆风格的紧身西服在曼哈顿的街头提高了几分回头率，也就仅此而已了。阿尔菲既不懂得美国女人，也和纽约这个城市没有任何关系。他对女人的爱恋，甚至不如《欲望城市》中的凯丽对她的无数双高跟鞋的执着。

经典的唐璜是拒斥衰老的，所以很有利于塑造青春偶像。但是，国内对于唐璜的演绎除了有商业的考虑之外，还带有沉重的文化负荷和强烈的本土化意识。中国的唐璜往往在年轻的外壳之下包裹了一颗苍老的心，导演和剧作家是要通过这个形象来说事儿的。

徐静蕾的影片《一个陌生女人的来信》应该说是从一个女人的视角来反写唐璜的故事的。茨威格小说里的女人是一个执着无奈而被生活抛弃了的女人，略带一点锋芒，比如她会敏锐地察觉到男主角见到穷人时眼睛中流露出来的恐惧，她会说因为不愿成为那种给他带来恐惧的人而不愿意去找他。徐静蕾把她变成了一个自足的“完整”的女人，一个“生活在现在”的人。这本身没错，却又如何解释这样的女人为什么对那个同样“生活在现在”的男人如此依恋呢？我想大概有两种解释：要么这故事全是一个女人的“残酷青春物语”，要么就是两人的几番重逢是生活中的偶然。两种可能性发展下去都会使茨威格的故事变成真正的中国故事，但是都没有发展下去。电影里那个幽长的胡同和完整的四合院在北京的动迁大潮中一定是像博物馆一样被保护起来的建筑，这样的院子里走出来的女人想来应该是干净得一尘不染，一门心思地恋旧，死心眼儿地抵制现代化的。徐静蕾的电影还是一个悬在半空中的故事，让我有点失望。

相比之下，孟京辉的《琥珀》倒是给唐璜这个角色在商品社会中找到了一个位置。这个唐璜被包裹在黄色小说、摇滚乐、艳舞、中英文流行歌曲、意大利文以及投射到大屏幕上的电子影像等“器物”之中。虽然所有这些文化产品都是虚的，但是因为它们包裹得严严实实，也就构成了一个氛围、一个场域。唐璜扮演的是文化掮客的角色。但是这些东西的压力太大，这个唐璜好像被压得有点喘不过气来了，他必须在集体狂欢的仪式中、在几种媒介的簇拥之下表达自己极其私密的感情，所以很累。最后心脏无法承受这个压力而死去。有点荒诞，却是一个当下的北京极可能发生的故事。

如果说徐静蕾的电影反映了一个女人的视角，那么《琥珀》表现的却是一个母亲的感觉。廖一梅曾写道，是因为生了孩子才对死亡产生恐惧，“小优让高辕看到了‘生命的’奇迹，就如同摇篮前的我一样”。可见打动了高辕的是移植了的母爱。我的一个朋友认为这种写法是对不负责任的男人太宽容了，但是从另一个角度来看，是不是也可以说中国的女人需要关注的事情太多，负荷太重呢？

不真实的“梅兰芳”

《梅兰芳》公映了近一个月，我才看到这个电影。正值大学即将开学的时候。为了上课，重温了英国文学理论家特里·伊格尔顿关于二十世纪文学的观念变迁的叙述。我不禁感叹道，为什么中国电影导演始终不愿钻到艺术里面去，创作一部关于艺术的电影？

《梅兰芳》的主角不是京剧艺术，而是一位天才的京剧表演艺术家。整部电影以伯父的遗书贯穿始终，一直围绕着做一个普通人还是艺人这一矛盾展开。少年梅兰芳应该说基本上是个艺人，中年以后的叙事都是围绕着普通人这一身份来发展的。故事似乎在告诉我们，这两个身份是不能共有的，其矛盾是不能调和的。之所以梅兰芳不能爱孟小冬，邱如白变成一个悲剧人物，原因都在于此。而梅兰芳蓄须救国也是按照同一个逻辑而创作的细节——他不能够做一个把艺术凌驾于民族大义之上的亡国奴，宁愿做和千千万万的中国人没有两样的“普通人”。

如此说下来，这个电影似乎在宣传一个无人能够质疑的正确道理：艺术家怎么能够脱离社会躲进象牙塔里面去呢？中国二十世纪的文化史、文学理论有不少案例证明了这一道理的正确性；同时也有个别案例印证了其反面，即如果试图脱离现实终将被历史唾弃和抛弃。我在这里并不想质疑这一道理，因为中国二十世纪的历史十分动荡，有很多为民族大义社会理想而抛洒热血的人的确令人钦佩。而且历史上的梅兰芳并没有抛弃社会，不能胡编。

虽然无意宣扬脱离社会，但是我仍然在纳闷，为什么做了一个艺术家就一定不能做普通人了？历史上的梅兰芳在艺术、商业、政治、社会关系、爱情生活方面都有着丰富的经历，不是恰恰证明这位艺术家从一开始就没有艺术的象牙塔的庇护，一直是在人海、商海和政治的海洋中争取生存吗？如此说来，似乎这个电影的命题与历史人物的经历不符了。艺术家与普通人的矛盾如果真实地存在于梅兰芳的生活中，那么梅兰芳自己似乎也已经解决了这个矛盾，给我们提供了答案。始终看不出编剧导演是否满意于梅兰芳的答案，如果不满意，也看不出明确的质疑和别样的结论。这部电影表现的是一位艺术家，但是它自己的艺术观却不是很明确。

电影里的邱如白是个追求超越的人，他倒是明确地只认梅兰芳，明确地反社会，但是这是个彻头彻尾的虚构人物。历史中的齐如山也不是这样的。齐如山一手策划了梅兰芳成功的美国公演，其目的不就是要给中国人、中国艺术在世界舞台上长脸吗？那也不是一个非政治的行为啊！

说到底，我不明白为什么编剧和导演不能意识到，把梅兰芳当作一个经历过二十世纪一大半历史的真实人物来处理，反而更有戏。艺术和政治的结合实际上在历史上已经有了太多的叙说，躲都躲不开。聪明的编剧应该想办法把这个话题的沉重性和刻板性削减，换个新鲜的方式重新引入这一话题。当然真要这么做，对于梅兰芳这样一个主流人物，就得需要一点四两拨千斤的巧劲儿了。

现在很多观众的反映都是表现少年梅兰芳的前半段比后半段好，原因就在于前半段起码试图描写了一个艺术和艺术家生存的空间。说它是封闭的，内中自有自己的运作逻辑，有其特殊的美好和残酷，所以人们认可它的真实性。

都说好莱坞商业化，倒有人一门心思地把艺术和艺术观作为主题通过电影来表现。比如几年前的《卡波特》，就是根据美国作家杜鲁门·卡波特的传记改编，专门讨论艺术的伦理问题的电影。小众是小众，一点都不枯燥。因为其命题来自作家的真实经验，令人信服。现在很多西方的进步学者都认为所谓“为艺术而艺术”或者是“维护艺术的象牙塔”的论述是资产阶级的、自由主义的，慢慢地我们这些在后社会主义社会中成长起来的文化人也认可了这种说法。没有错。但是反对象牙塔并不等同于对艺术和艺术家的简单处理。我们这儿自有本土的抽象观念，任何活生生的人物套进去都变成同一个模样了。

原载于《新民周刊》2009年第4期

文　阅

都说当今中国的电视剧好，好在哪里？我看未必是因为涉及的主题。好的电视剧，比如说《暗算》《潜伏》《蜗居》等，其故事本身并不是吸引人的原因。这些故事都是一些场景，它们的背后才是真正的故事呢！所以我看《雾里看花》，之后又读了豆瓣上的评论，所有的帖子都说这个电视剧讲的是古玩，但是我这个对古玩无甚兴趣的人为什么也能得乐其中呢？证明这个电视剧只不过是用了古玩这个符号，讲了一个更大的故事。

我觉得这部电视剧讲的是关于我这个行当的故事，具体说来，它讲的是有关知识产业、文化权威、知识界内部的潜规则，以及文化谱系的传承和更新等问题。这些大字眼听起来十分抽象，但是实际上这是我们这些在大学里工作的人每天都要面对的现实生活，有的时候比衣食住行还要具体且真实。其实即便不在文化界谋生的人也多少跟文化生产有关，起码以知识消费者的身份参与。只不过，在大学工作的人也许对自己所从事的工作多一点自觉，多一些反省。应该有这点反省，而不是仅仅去批评其他行当的过分商业化，同时不断维护自己在体制中的地位。这个电视剧替我们做了这个作业。

这部电视剧里最令人眼亮的难道是古玩吗？古玩的确是一道道景观，每次展示的时候都有特殊的音乐和灯光将它们点亮。但是，更重要的是旁边必须有人解说，而且必须伴有恰当的表情、恰当的手势和身体语言，才能把古董真正的价值体现出来。这些解说者不是一般的商人，因为他们未必是在展卖一件商品，而更多是在展示他们自己。但是他们又不是寻常意义上的明星，因为他们不能够百分之百地自恋，而必须与自己保持一点距离，这样才能够显得具有权威性。他们就是文化权威了，如果上了电视就是权威加明星。黄立德就是这样一个代表，某个知识领域的掌门人。“古玩这个行当真真假假，雾里看花。”那是在告诉你别崇拜你面前的器物，这个东西离开了鉴定专家什么都不是。其实也不是专家的一句话，专家也是要看市场走向。在一个人面前直言没问题，在市场面前谁也不敢在不恰当的时候说真话。即便是很有个性的黄立德也不敢。这个市场实际上就等于一整个行业了。据说这个电视剧换了好几轮的编剧，都是因为掌握不好分寸，行内的潜规则不知道应该泄露多少。我完全相信，因为我觉得这个戏把有些事真的说得非常露骨。

比如你正在考虑大学毕业之后继续深造，有人告诉你你那个行当里的最抢手的一些文化产品，实际上都没有什么，真假不辨，只不过有几个明星学者的推介而在行内非常流行。你会怎样去想？之后又做什么？你肯定要么去结识巴结这些明星学者，巴结不上就另外搞一些东西去和这些明星竞争。作为一个新人你当然竞争不过，但是也许你和他混熟了之后，就能够抓住他的弱点，逼他就范。前面一种人就是郑岩，后面一种就是海生。

这部戏对知识界（你可以把它具体想象成为一个大学）的描述非常冷酷，它让你看到知识界非常保守封闭的一面。你要是没有一点背景，血缘上的婚姻上的，就别想挤到精英的行列中去。知识的传承就像私生子的身份一样神秘，你是这块料就是了，不是想也不要想。所以海生很可怜，得不到父亲半点的照顾，被所有扮演父亲角色的人所抛弃。相反郑岩就很会讨人喜欢，因此能够顺利地取代父亲的位置。

这部戏从里到外透着对父亲的失望。海生的父亲和郑岩的父亲都很自私，黄立德十分宠爱他的女儿，但是忆江之所以变成那么任性的人，肯定不只是因为父亲的过分放纵，还因为他的过分控制。他善于弄权，很有效地为自己这个专家身份找到了一个可以演练的平台。他把着家门不放，因为这个家不是一个普通的家，而是一个知识力场，以及从此而衍生出来的一个产业。这个戏有一种弑父情结，黄立德最终一定陨落，像一颗星一样，年轻的一代才能得到发展的机会。

说到底就是希望知识的生产、知识权威的生产更加平等，更加透明一些。现在知识的消费，由于盗版以及网络的发展，已经变得十分平等了，但是大多数人仍然是被动的消费者。文化机构大多仍然像安蒂克一样，养了一批专家，之后就被这些专家把持住了。

原载于《新民周刊》2010年第6期

03

世界中的美国

好莱坞让翻译缺席

巩俐在其中扮演重要角色的《迈阿密风云》在美国公映。好莱坞的首映式请我的一个朋友担任巩俐的翻译。事后《洛杉矶时报》上发表了一篇长文，在夸奖了一番巩俐“女学生一般”清纯美丽之后，特别着重描写了她的安静和沉默，以及在拍片过程中所遇到的语言障碍。据导演迈克尔·曼（Michael Mann）透露，巩俐拍片期间每天要做两三个小时的语言功课，虽然最终仍有交流困难，但是已不妨碍她与男一号演感情充沛的对手戏。巩俐却认为，众多影人之中，迈克尔·曼的语言尤其难懂，因为他在与演员交流过程中“时常不用通俗的语言”。

文章还提到了我的那位为巩俐翻译的朋友，称赞他用特有的缓慢的语速，把巩俐的中文转化成“既富有激情又优雅”的美国通俗用语。虽然有这样好的翻译，这位美国的记者仍然觉得和巩俐的交流隔了一层，恨不能自己也懂中文才尽兴。

巩俐的英语能力一直是媒体报道的焦点，实际上她懂不懂英文并不重要。西方观众眼睛里的巩俐永远是那个充满了强烈的感情却不知道如何表达的乡下女人的形象。那是张艺谋煞费苦心帮她设计的。最好不懂英文，即便懂了也应该装着不懂，反正美国观众永远觉得和她的交流“隔一层”。这与她神秘而性感的形象毫不冲突。

比她年轻的章子怡就有幸扮演了另一类型。她在语言、文化、价值取向上和西方人没有太大的距离，然而共通的外表下却暗暗地掌握了某种祖上传下来的秘密武器，神秘之外又有点危险。从《卧虎藏龙》到《艺伎回忆录》，一路下来她都是这样的。

这都说明形象工程和语言能力真的不是一回事。说到底，好莱坞那个地方是没有我这位翻译朋友的位置的。因为在那儿重要的不在于沟通，而在于表演。好莱坞真的不是联合国，如果把两者混淆起来，我们都只能生活在妮可·基德曼主演的电影《翻译风波》的荒诞世界之中了。

最近看了几个国内关于以前著名的国际主义者的

演绎，发现它们也同样使得翻译缺席。

一个月以前，我在上海美琪大戏院里看了一场由大山主演的话剧《红星照耀中国》。我的几个闺蜜死活不肯陪我去看，但是出于职业道德，我还是坚持去了而且看到了底。所谓职业道德，是因为我最近对三四十年代的国际主义运动史十分感兴趣，尤其是中间牵扯到文化交流的内容。公平地说，大山扮演的斯诺还真的挺不错的，吐字十分清楚，语速也很让人感到舒服。我学了一辈子外文，深知这是多么来之不易。但是这个话剧最不能让人信服的地方在于，它为了强调斯诺的理想主义，似乎过度地把延安表现成一个与外界完全隔绝的、神秘的化外之地。实际上我看过不少英文报刊，有的是在上海编辑的，有的是在纽约编辑的，其中对红军长征以及延安的状况有过详细的报道，有不少证据证明斯诺读过这些刊物，也就是说他的延安之行不只是一个孤独的理想主义者信仰之旅，还是经过精心的安排进行的。后来像白求恩这样的国际主义者发自中国的文章也都是发表在这些刊物上的。

三十年代的左派往往是非常主动地去与西方世界接近并进行交流的，并没有甘于政治和地理上的边缘化和孤立化。无论中国的，外国的，他们作为翻译者的活动却被历史忘却了，与此同时大山这样的双语人才又被塑造成为跨国跨文化明星。国际主义到底是一个形象工程，还是真正意义上的国际交流的平台？这个问题值得研究。

原载于《新民周刊》2006年第32期

移民李安

李安在奥斯卡授奖仪式上，举着小金人宣布：《断背山》不只描写同性之爱，而且还试图描写普遍的爱（universal love）。一句话把自己的作品与“同志电影”的标签分得很开。实际上，若把《断背山》真的看成是“同志电影”，很多人反而认为它并不够格，比如两个男主角都不是同性恋，再比如电影中几乎没有两个男人做爱的情节。总之是它不够激进，不够正确，够不上“同志电影”的标准。

我的学校里就有不少人不能接受电影里面对同性恋的描写。一个电影专家主动地对我说：“我觉得李安是个人文主义者（humanist）。”我追问了一句，在你看来，人文主义是个好词还是坏词？同事不假思索地说：“当然是个坏词。结构主义、后结构主义之后没有人再敢提‘人文主义’了。”

另一些人的不满是针对李安的唯美主义，他们认为小说要更加暴力。我特地去读了一遍小说，的确比李安的电影更压抑。电影里有大量的自然景观，而小说反映出来的落基山脉可以说没有什么自然的东西存留下来了。两个男主角第一次上山，工头要求一个人必须夜里也得和羊一起睡，这实际上是违反国家森林管理部门的规定的。牧羊人只能在指定的地点生火，做饭，睡觉。在别的地方睡只能是偷偷地干，这一点小说讲得很明白。再加上小说里并没有大段的写景的文字，让你觉得自然也并不是那么自在。还有就是工头的监视，小说描写得很简洁，只是说“有一天他通过望远镜看了十分钟，直至杰克拉上了裤子的拉链”，从此便改变了态度。而电影里工头看到的场景不是性交，而是两个大男孩儿嬉戏打斗的场面。还有就是语言。作者安妮·普鲁（Annie Proulx）的句子很长，很断裂，描述起来具体而微，却不美，有一种倔强的男性的气质，好像坚持要把一件很难讲的事情原原本本地讲出来，不加任何修饰。如果非要比较一下，只能说普鲁的风格正是木心的反面。李安的确把普鲁笔下的残酷的自然环境变成了明信片中的美丽风景，至于是否因为这个转译而削弱了原故事的冲击力倒也未必。

普鲁本人实际上也没有将这个作品一味看成“同志文学”。作为几个孩子的母亲，她好像并不是同性恋者，起码没有公开。而且，在一篇访谈中，普鲁谈到她最反对“描写自己最了解的东西”。作家的本事就在于想象。她的个人生活是和小说保持很大的距离的，比如包括《断背山》的一系列小说读起来很有怀俄明的地方色彩，但是普鲁本人却不是怀俄明人。她生在东部，曾经写过一些以波士顿为背景的小说，怀俄明的风情完全是靠细致观察和深入研究才了解到的。

李安最终没有拿到最佳影片奖，而拿到了最佳导演奖，是不是意味着《断背山》最终仍被看成了一部“同志电影”，并因此受到排挤？实际上我对奥斯卡评审委员会的政治关怀毫无兴趣，然而对李安的艺术选择却很感兴趣。既然做了这么一部大张旗鼓地描写同性恋的电影，却又不接受“同志电影”这一标签，李安这个姿态，是因为害怕影响到电影的销售，还是故意抵制可能来自同志族群的“左”倾激进主义的压力呢？

也许并没有不接受，只不过是不愿在公开场合拉开架势地说。李安在好莱坞的角色是很令人捉摸不透的。他十分善于消失在他的故事、消失在电影这个媒介的后面。安妮·普鲁有一篇题为《手风琴》的小说，描写的是意大利移民逐渐丢掉了象征故土的“手风琴”的故事。这个故事好像讲的就是李安，他还是处在“消失”和“丢掉”的阶段。我并不觉得“消失”和“丢掉”一定是坏事，也许丢掉了手风琴正可以选择其他一种媒介。

虽然我觉得没有必要在台上歌颂“普遍的爱”——因为并没有什么“普遍的爱”，《断背山》的故事就是发生在美国西部的两个男人身上的爱情故事。承认这点并不意味着其他人就不能认同这一故事——我仍然不同意我的同事的看法：李安并不是一个抽象的“人文主义者”，如果说人文主义一定意味着某种抽象的话。他只不过不属于任何地方，根本就是一个移民。

2006年

阶级差异在路上及镜头中

二〇〇五年十二月二十日凌晨，纽约公交工人工会与市交通局的谈判破裂，工会宣布罢工。据说上一次公交工人大罢工是在一九八〇年，我无缘亲历。这一次，可算体验了一下小说里读到过无数次的工人运动。当然远不像小说家描述的混乱或者壮烈，但是普通老百姓的日常生活突然被打乱，虽然只是短短的三天。纽约地铁工人打出了一个牌子："我们使纽约运转，请尊重我们。"一点没错。没有地铁，纽约真的无法运转。罢工开始后，市政府紧急命令，高峰时段中城下城的主要马路不允许四人以下的私家车运行。出租车司机赶紧改变收费方法，一车多人，按人头计价。私家运行的铁路因为没有罢工而人满为患。虽然平日连碰一下都会引起口角的纽约人突然变得很有涵养，但是这份涵养终究不是常态。罢工后的第二天我到中城办事，觉得纽约很安静很舒服，送货的卡车不见了，很多人在步行，几条大马路被堵得水泄不通，但是没有人按喇叭，没有人骂街。我知道这种状态持续不了多久。上一次罢工持续了十一天，这一次正值圣诞节新年，是零售和服务业最忙的时候，用不了十一天，业主肯定要出来抱怨，弄不好整个城市将从瘫痪走向混乱……

罢工两天半之后，以双方都做出妥协而结束。对于这一结果众说不一，保守和激进派人士都对这一结果有所微词。但是有一个关键的改变就是，公交工人的合同从此不是以三十六个月为期限，而是以三十七个月，就此避开了圣诞新年的黄金时段。这一改变证明双方都认识到了即便在资本主义社会建制极其健全的今天，罢工仍然不失为搅乱社会秩序的一个有效的手段。罢工最终也不能改变社会结构，实际上也没有人想彻底改变社会结构，只是想乱一下，让更多的人重新反省一下这个社会赖以生存的机器是靠谁来运转的，使人突然意识到一个本来以为和自己无关的劳工阶层的存在罢了。

不过要真达到这个效果，恐怕先要主动认同罢工工人。到了社会上，很多在私有企业工作的人看着公交工人的退休金比自己多已经眼红，哪里会去同情公交职工？

这么说来搞一场运动似乎和做一部电影也没什么太大的区别。一个并不比另一个更为直接。年末好莱坞明星乔治·克鲁尼趁着美国打仗、油价上升的动荡时刻，参与制作并领衔主演了一部新片《西里安那》，颇有点政治煽动之嫌。影片的四条主线分别揭露了以美国中央情报局（CIA）为代表的美国政府干涉别国政治，CIA内部官僚结构对工作人员不仁不义的作风，以及大财团与政府勾结通过贿赂达到经济目的的腐败行为。总之，电影攻击的对象是布什统治之下的当下的美国，赞美的是中东受过西方教育具有民主意识和改革精神的政治精英。同时，很难得的是，它居然赋予极端组织的自杀杀手以人性化的处理，并且暗喻美国人被逼到无路可走的时候也可能采取同样的手段。最后，一反好莱坞的程式，男一号克鲁尼被炸死了。

克鲁尼是一个反专制、反独裁、主张新闻自由的自由主义者。这在《西里安那》和他的另一部电影《晚安，好运》中都有反映。同罢工一样，也许《西里安那》并不能改变社会结构，但是却暴露了社会矛盾。而美国就是这点儿好，暴露归暴露，社会一点不受影响，让你干着急没辙。

老导演伍迪·艾伦也做了一部反映阶层差异的电影，但是要以纽约的罢工作为背景来看，他的电影几乎可以看成对美国工人运动的嘲讽。影片的男主角曾经是个职业网球手，退役之后攀上了一家有钱人，做了乘龙快婿，同时又爱上了和过去的自己一样穷的电影演员。当这位职业网球手脚踏两船面临着鱼与熊掌的抉择时，铤而走险杀了人，结果居然没被发现。艾伦就是想说一个太过明显的事实：贫富贵贱都在运气，按照这个逻辑当然也就不用搞革命了。只是这部电影的叙事语气有点让人搞不清楚，不知道导演意在接受还是揭露。

艾尔萨的裙子

二〇〇五年美国国家图书奖揭晓。长篇小说项得主是沃尔曼（William T. Vollmann）的长达八百页的巨著《欧洲中心》（*Europe Central*），描写的是第二次世界大战中发生在苏德边境的一系列故事。非虚构类创作的得主是琼·狄迪恩（Joan Didion）的《奇想之年》（*The Year of Magical Thinking*），描述的是她近一年里接二连三的丧夫丧女的灾难。此外该图书奖还设有少儿图书和诗歌类奖项。

国家图书奖也是NBA，但是远没有全国篮联的决赛来得精彩，然而这年的图书奖引起了我的关注，是因为被提名人中有一个熟人，一个共事不少年的朋友。

热内·斯坦基（Rene Steinke）以她的长篇*Holy Skirts*获得小说奖提名。这个题目该怎么翻译才好呢？

“skirts”已经有多重的意思，指的是女人的裙子，或者是女人；“holy”起码有两重意思，可以译成神圣的，也可以当作一个感叹词，好像在说“嗬，瞧这人的裙子！”或者说“瞧这些女人！”。热内小说里的第一章描写她的女主人公在柏林的街上走路。“她的步履很急，看上去好像是一条裙子一会儿停下来，一会儿又动了起来一样。”可见热内从第一页就有把一个女人和她的服饰等同了起来的意识。自始至终，小说主人公都以独特的服饰招摇过市。所谓独特，并不等同于漂亮，而是怪诞。比如在关键的一场戏中，她把一个汽车尾灯镶在裙子上，灯正好挂在屁股上，开关藏在口袋里。她穿着它去出席杜尚（Marcel Duchamp）的晚会。杜尚在惊诧之余，要求试验一下灯的开关。“她感到他的手指在她的胯骨上按了一下，之后找到了开关，整个屋子突然亮起了红光。”简单的一句话，极尽煽情之能事。

小说的主人公不是等闲之辈。她的全称为Baroness Elsa von Freitag-Loringhoven，也就是说是个男爵夫人。这个艾尔萨（Elsa）是个真实人物，她被称为“达达派”艺术之母。（本书的封面呈现的就是她的一个重要作品，是同时期一个美国摄影家Berenic Abbott的画像，这幅画不只把人物的面孔画得像个魔鬼，而且除了油彩之外，还用了很多废物，比如玻璃珠、铁皮、金属器物等。妖魔化的表现风格以及利用废物来创造艺术，正是达达派的特点。）艾尔萨本来是出生在德国乡下的苦孩子，成年之后只身闯荡柏林，跻身于艺术家、诗人经常出没的酒吧等场所。一生嫁过三次，随第二个丈夫来到纽约后为之抛弃，之后认识了第三任丈夫——奥地利的破落贵族。此人嗜赌，所以艾尔萨与他离婚后除了一个贵族头衔外没有其他遗产。艾尔萨写诗，诗作曾经发表在纽约格林威治村的文学刊物《小评论》（*The Little Review*）上，她因此与《小评论》的同性恋编辑西普（Jane Heap）关系很好。小说中《小评论》发表乔伊斯的小说而因有伤风化罪被禁，艾尔萨为之四处奔走，完全认同《小评论》的立场。

也就是说这部小说该算作历史小说，写的都是真人真事，艺术家如杜尚、曼·雷（Man Ray），诗人如庞德（Ezra Pound）等都出现在这部小说里。时间是二十世纪一十年代到二十年代间，地点是纽约的西村，虽然小说的第一部从柏林开始，描述艾尔萨的成长过程。

这部小说之所以好看，恰恰是因为它写了一段真实的历史。读到艾尔萨对当红的女诗人、性解放的新女性代表米莱（Edna St. Vincent Millay）略带嘲讽的评论，“她的诗太美了点了”，你会会心一笑，完全理解像艾尔萨这样的波希米亚流浪汉是什么意思。不管这句话是不是真实的。艾尔萨这样一个人物除了自身的魅力外，会给你带来“在场”的喜悦，好像你也是二十年代西村艺术家中的一分子了。

现实中的艾尔萨大胆嚣张，不知羞耻，她曾经出现在杜尚和曼·雷的镜头前，允许杜尚把她的阴毛刮掉，并把全过程拍摄下来（这是确有其事的）。但是小说里的她又很安静，除了写诗，很少具有宣言式的语言，好像是那个时代的心灵体验者，而不是一个时代的象征。想来这样才对。一般认为所谓波希米亚精神就是打破一切陈规陋习，这虽然不错，但是艾尔萨并不是特立独行的唯一一人，比如她欣赏杜尚是有道理的，两个人都喜欢物质文化。艾尔萨刚到纽约来，就被街头的广告吸引住了，于是她写了一首完全由广告中的字眼拼凑起来的诗。另一个细节是她喜欢在脸上贴一张邮票，好像要像包裹一样把自己寄出去。这些不是和杜尚的名作《小便器具》有异曲同工之妙吗？那个时代就是创新的时代，艾尔萨只需要参与和观察就够了。

热内曾与我共事，喜欢美文，喜欢服装，喜欢逛旧货店。她的很多奇装异服都是从旧货店里淘来的。

还有就是她喜欢描写热烈而又安静的女性。第一部小说《火》，讲的是一个面如桃花、身体满是疮疤的习惯性纵火犯，仔细看来已有艾尔萨的影子了。

马拉松的精神

什么是游览纽约的最好方式？十一月第一周的周末，这个问题的答案是马拉松。这次大概有四万多人参加了马拉松。很多人像往年一样花了很长的时间才跑完这二十六英里的距离，但是不管怎样，马拉松像往年一样，是公开的。不像其他的竞技比赛，你不需要晋级，不需要有比赛经验，只要跑得动就能参加。据说报名的人数多到必须要抽签才能上场。

我本来不关心马拉松。我的跑步习惯，仅仅限于健身房的跑步机上面的二至三英里，但是我发现今年的马拉松宣传活动特别热烈，广播电视海报轮番轰炸，马拉松三个字简直成了“talk of town”（街谈巷议）时髦的话题，引得我不得不融入了这马拉松的情绪之中。

听广播电台组织的“你为什么参加马拉松？”的

电话讨论节目（Call-in），好几个人谈到马拉松第一个字就是“痛”。有人说等你跑过一半的时候，你身体里所有新的旧的伤痛都出来了。有一位女性说跑到一半骨盆裂了，自己还不知道，一方面觉得疼，另一方面仿佛身体把骨盆绑在一起，不让它散开。有一个女运动员，曾经参加过奥林匹克一万米长跑比赛，第一次参加马拉松的时候还是觉得疼，跑过一半后只能不断地骗自己再多跑一里，这才坚持下来。

村上春树在关于跑步的书里讲到自己在希腊跑六十二英里的超级马拉松时，跑到最后觉得身体仿佛是一块牛肉，完全脱离意识而存在着。因为艰难，很多人就产生了特别强烈的感情需要。比如有一个听众打电话到电台说，如果你的朋友答应到哪一个地方的路边去迎接你，他们最好如约出现，否则那种失望比身体上的痛苦更难以忍受。也因为马拉松是个极限的挑战，很多人参赛不是因为喜欢跑步，而是为了慈善行为。比如美国有个挺有名的演员艾德·诺顿就组织了一帮人为非洲的环境保护募捐。他们设立了一个网站，任何人都可以为了支持某个参加马拉松的志愿者而募捐。

这么说起来实际上马拉松和有些宗教行为没有太大的区别，比如绝食。印度建国前后爆发了大规模的种族纷争，甘地看着心痛，又没有办法以理性的方式说服大众，只能利用绝食来说服民众。虽然绝食不一定是一个宗教行为，但是甘地当时已经是近乎圣人的宗教领袖了，他的绝食就变成了一种祈祷，具有强烈的感召力量。

还有一个印度作家纳拉扬（Jaya Prakash Narayan）也曾描述过一个假圣人在公众的压力之下不得不答应为求雨而绝食，结果反而得到了意想不到的精神体验。参加马拉松其实也有点修行的意思，有的人折磨自己的身体是为了得到某种精神上的超越，有的人通过受苦来换取一群人的认同，共同跑向一个终点。

另外还有一个心理的层面。纽约的地铁巴士上贴满了海报，都教导人们“跑起来，摆脱悲观，把忧郁抛在身后”。这种宣传方式是以前没有过的。大概是因为金融危机，失业人口始终没有减少，所以患忧郁症的人多了，需要鼓励。这种口号太直接地把身体训练和心理治疗联在一起，实际上也是强调跑步的精神作用。

马拉松绝对不纯粹是一个全民体育运动。我甚至怀疑它这样的挑战极限，是不是对身体真有好处。据报道纽约马拉松参赛最年轻的选手只有九岁，不过这是在一九八一年以前的事，这之后，就有了年龄限制，十六岁以上的选手才能参赛。七十年代的几个年轻选手成绩都不错，但是后来都浑身是伤。想来也对，七十年代是美国长跑开始风行的年代，想想《阿甘正传》里面的那个执着而可爱的智障人士，就对当时的文化有点了解了。

当然有人努力就有人偷懒。十几年前有一个著名的故事，一位女选手莫名其妙地得了第一名，原来她是乘地铁到达目的地的。去年还有两个女选手抄了一个近道，越过一个区没有跑，结果也拿到了好成绩。今年很多人很气愤，认为全程走过来的人不应该与跑完的人一样，拿到同样的证书。我对此不以为然，这个社会把成绩看得太重，因此取得了某些成绩的人总是需要把自己和别人区别开来，不管马拉松多么公开，这一点都是不能改变的。

原载于《新民周刊》2009年第43期

风情万种的新奥尔良

三年前的暑假心血来潮，约了几个国内的朋友一起做了一个美国南方文学文化之旅，现在想起来整个旅程还历历在目。我们从弗吉尼亚州的里奇蒙市（爱伦·坡的故乡）开始向南向西走，访问了美国总统杰斐逊的故乡蒙蒂塞洛，再到美国的乡村音乐和摇滚乐的圣地纳什维尔，探访了美国黑人作家亚历克斯·哈利（Alex Haley）的故居以及南方文学最伟大的作家福克纳（William Faulkner）的故居。再到孟菲斯，参观了“猫王”艾尔维斯（Elvis Presley）奢华的庄园，以及民权运动领袖马丁·路德·金（Martin Luther King）遇刺时所住的朴素甚至寒酸的汽车旅馆，之后踏上了一条十八世纪的古驿道纳奇兹古道，直接抵达黑人作家理查德·赖特（Richard Wright）的出生地纳奇兹。

再之后沿着蜿蜒于密西西比河一侧的“老河道”寻访了一连串十九世纪的种植园，包括曾被电影《飘》（*Gone with the Wind*）取景的美丽的橡树庄园，然后来到新奥尔良，在那里歇了脚，一待就是好几天。

之后我们又看了很多地方，包括南方女作家卡森·麦卡勒斯（Carson McCullers）的故居以及《飘》的作者玛格丽特·米切尔（Margaret Mitchell）的城市亚特兰大，还有菲茨杰拉德疯狂的南方老婆泽尔达做姑娘时的家，等等。但是整个旅程好像分成了两个部分，前新奥尔良的部分和后新奥尔良的部分。我们心理上很自然地把新奥尔良看成了一个暂时的终点，一个过客的家。我们打心眼里喜欢这个风情万种的城市。关于这趟旅行需要更大的篇幅才能讲得清楚，更何况很多类似本能的选择后来想想都有更深的未解的问题。比如怎么样才能把一个作家的文字和他的生长环境联系起来解读，这并不是一个简单的答案就讲得清楚的。我们走了这一路实际上是在美国从十九世纪开始的历史中行走，这个旅行的全部意义我至今还不是很清楚。

但不管如何，新奥尔良却是脑海里挥之不去的一个记忆。还好今年四月底又借出差的机会重游新奥尔良，虽然没有什么新的经历，却加深了对它的印象和认识。

新奥尔良位于密西西比河的入海口，历史上曾经是连接广袤的美国内陆和中南美洲以及大西洋的一个重要的口岸。任何海港城市都有同样的特点，人种杂，因此文化也就丰富。这个城市十九世纪的时候由西班牙和法国掌管，所以法语直到二十世纪二十年代还是比英语更加流行。新奥尔良最著名的景点是它的法国区，法语就叫作“老广场”，以前是一个灯红酒绿的消费区和红灯区，它的风情因为与美国主流文化非常不一样而成为令很多作家销魂的地方。福克纳和舍伍德·安德森都在这里有长期的寓所。福克纳的房子位于一条窄窄的“海盗巷”，面对一个天主教堂，夜深人静的时候对面寓所的灯光照上去鬼影幢幢。二十世纪初美国作家把新奥尔良的法国区看成巴黎，但是其实很不一样，这里是法国以及西班牙殖民地的边缘，是几个殖民帝国的势力重叠交叉的地方。正因为如此，这个城市被多重边缘化，因此也就格外自由。福克纳等人来到这里，欣赏的肯定不只是主流的法国文化，而且还有来自非洲拉美的黑人文化，混杂人的文化。奴隶和奴隶主虽然在势力上仍然是不平衡的，但是他们的文化在这里构成了非常特别的融合。比如，新奥尔良的鬼文化，就与黑人的“Voodoo”巫术有关。

还有就是音乐。新奥尔良的爵士乐有它自己的节奏，抒情而懒散，与孟菲斯的和其他地方的爵士乐都不同。这次有幸去看了当地的爵士乐吧“精致的海港”的一场演出，音乐本身先不必说，那种气氛就像是回到了家。音乐家是土生土长的新奥尔良人，后来去了纽约寻求发展。这次回来是因为亲人去世，当地其他音乐家马上把他接到家里，凌晨三点做饭给他吃，之后为了安慰他，特地来到他的演出现场助兴。一行五个女人，全都能弹会唱，每个都美艳得令人不敢正视，却心甘情愿为一个刚刚出道的年轻男孩儿捧场。音乐本身因此也充满了生命力，让你觉得它不仅仅是一个表演，而是一种生存方式。

原载于《新民周刊》2010年第17期

波希米亚纽约

二十年前我初到纽约读研究院的时候还是个“惨绿青年”，第一个学期除了硬啃维多利亚小说，就是研究如何求得温饱。我上的公立大学信奉在贫穷之中追求平等，对学生毫不照顾，对纽约市民却是极为宽容。我们的电脑室是对外开放的，这意味着随时可遇穷困的小说家剧作家，用学校的资源打印着长长的卖不出去的手稿。我曾经在电脑室里熬通宵时，与一位年过半百的挺着啤酒肚的剧作家交上了朋友。某个周末他约我出去吃饭带上了六岁的女儿，谈了什么记不清了，只记得临别时，他拉着我的手诚恳地说：“求求你，开始写作吧！”说完就去参加纽约公立电台主办的一年一度的乔伊斯小说集体朗诵活动了。我只是觉得此人的理想主义很是奇怪。

因为公立大学的宽容，我有幸遭遇了一个波希米亚纽约，在其中我是边缘的边缘，因为并不信奉波希米亚的理想，倒是更为喜欢那种贴近人心的赚女性读者眼泪的所谓古典小说，其实也是一百年以前的流行读物。比如奥斯丁（Jane Austen）的《傲慢与偏见》（*Pride and Prejudice*）。纽约让我突然明白了维多利亚小说中阶层和等级是怎么回事，在中国还没有崛起之前，我已经先行意识到发展的必然后果。这是因为西方的城市实际上和一百年前没有什么两样。

一年以后我在课堂里结识了波希米亚的"帮主"艾伦·金斯堡（Allen Ginsberg），给我们开一门"垮掉一代诗歌"的课。金斯堡是布鲁克林大学的知名教授，隔三岔五地到曼哈顿来开一门研究生的课。第一印象就是平和，与《嚎叫》（*Howl*）中的愤怒的形象完全不符，后来听他解说《嚎叫》里的声音并不愤怒，而是激越，我才意识到原来并没读懂。他很慷慨，自己保留的资料拿来不少作为教材，上课就是打坐，读诗，讲故事，多半是有关故知旧友的逸事。他朗诵喜欢强调某些词的最后一个音节，以不规则的频率拖长。他的诗是没有格律的，写出来好像一篇长文，必须这么读，才听得出诗的节奏。他的声音是有磁性的，讲话清晰易懂，很得美国英语的精髓。他的一些朋友偶尔也来探班，比如卡尔·所罗门，是艾伦同住精神病院时的病友。所罗门后来的工作是快件专递员，诗集也因此起名为《急件》。金斯堡在所罗门过世后讲了一个故事，说是夜里梦见所罗门了，便问他："那边怎么样啊？"答道："不错，和精神病院差不多，守规矩就能混下去。"问："都有什么规矩呢？"答道："既为死人，就如同死人一样行事。"

金斯堡喜欢照相，有一次他让我替他和已故诗人顾城合影，特别嘱咐一定要把手照进去，因为他认为人的精神能够在手上表现出来。他对女生一般不大在意，倒是对我格外好，因为我是亚裔，又在班上做过关于禅修大师铃木大拙的报告，很符合他对东方文化的幻想。像所有诗人一样，他讨厌理论，而且拒斥从社会政治角度来解读垮掉的一代。因此被其他的同学抗议，说他没有资格教书。没办法，对于自己的历史他贴得太近，不肯把朋友和自己当成社会案例来考察，更何况他又是那样的怀旧。

金斯堡没有纽约就不是金斯堡了。他的《嚎叫》实际上描述的都是纽约街头的景观和情绪，那些"贫穷的衣衫褴褛目光空洞坐在冷水公寓的屋顶上畅想爵士乐"的城市人形象。他住在下东城十二街，我去过一次，是很典型的当地民居的格式。这样的格局大概三四层楼，一层两到三户，没有电梯。大门开在八九级石阶之上，一层的半地下室能够采光，透出窗户可以看到外面的来来往往的脚，并通过鞋的式样来揣摩行人的个性。西方的城市是一个疏离的内在化的心理空间。惠特曼（Walt Whitman）有一首情诗《致陌生人》（*To a Stranger*），我觉得它讲到的道理是，你必须学会爱上一个随便走过的陌生人，才能够在城市生存下去。

所谓波希米亚精神，用金斯堡的话来解释，其最关键的特质就是宽容。金斯堡特别强调的当然是性别上的宽容。这种宽容绝不等同于尊重隐私，而是允许不同的生活方式以及政治见解在公开的场合下表现出来。下东区指的是纽约东南角唐人街小意大利区以北的地区，其核心地段汤普金广场可以说是纽约仅存的波希米亚场所。虽然在被整修与复古之中，尚不是旅游景点，却仍不失为一个活生生的生活社区。但愿它能够保留如此！下东区自十九世纪后半叶起就是一个被欧洲的德国、爱尔兰、意大利、东欧的移民聚居的地方，并不是地产广告上经常宣传的那种“高贵”住宅区。一八七三年的一个记载，描述夏夜聚集广场乘凉的人群为“光头的赤足的人们，粗壮的臂膊因为平日的劳作青筋暴露”，住的都是“廉价租来的公寓”。

这样一个贫民聚居区，可想而知曾经是不少社会抗议运动的举行场所。然而贫困并不意味着穷人自然能够和平共处，汤普金广场周遭是美国移民历史社会矛盾的聚焦点。新移民与老移民，白人社区与黑人以及波多黎各人的社群，拉美音乐以及摇滚音乐，每一个族裔每一种文化都需要在这个广场上占据一席之地。广场上的各种纷争不得不强迫纽约市政府扮演一个更加强硬的角色对之进行管理。于是广场暂时关闭，流浪汉都被驱逐，当整修拓展重新开放之后，市政府决定举办任何公共活动都必须交付租金，并且通过审批。我想任何社会再自由都不可能没有管理机构，起码纽约的管理机制还没有把它的生态活力管死掉。纽约是真实的，正因为如此，它其实是一个不适观赏的地方。要了解它就扎根下去，成为它的一员。

2012年5月

来自二〇二〇年的消息

二〇二〇年并不是什么特殊的一年，但是它的面貌却呈现了深层的历史逻辑，以至于没有办法不从两百年前说起，让这个久远的过去暗示不远的将来。

一八二一年密苏里正式立州，成为美国联邦的第二十四个州。这只是美国自建国之后五十年来不断扩张领土、扩大世界影响的第一步。这之后，印第安领地陆续被占为己有，土著人民的抵抗屡屡遭到血腥的镇压，美国扩张的阵势与欧洲强国在世界上不断加紧殖民步伐十分相仿。终于在一百年后，以总统门罗的一张宣言为标志，美国的本土扩张正式走上了国际舞台。《门罗宣言》指出，欧洲老牌的帝国主义不能再继续瓜分占领南北美洲的领地，否则一律以侵略行为处理。北美因此把对拉丁美洲的占有欲诉诸外交语言，冠冕堂皇地提了出来。这一宣言奠定了美国的外交政策。上至二十世纪六十年代中情局协助逮捕并处决游击队领袖格瓦拉，下到当下与委内瑞拉“左”倾政府的对峙，都与一九二三年的《门罗宣言》有直接的关系。

距离二〇二〇年一百年前的二十世纪二十年代，常被人称为“咆哮的二十年代”。美国社会蒸蒸日上，气势夺人，充分体现了其新兴世界强国的地位。当然并不是所有的美国人都受益于这一轮的经济起飞，非裔美国人以及农民就不在其列。商业和贸易进而成为奠定美国身份的主体行为，总统卡尔文·库利奇曾做如此名断：“美国的国事就是生意（The business in America is business）。”信贷业务已经全然走入社会生活的各个领域。华尔街上过分借助信贷从事股票交易，产生了不少投机及造假案件，以至于这个年代的最后一年——一九二九年股票市场大幅度崩盘，直接造就了大萧条的三十年代。

二〇二〇年虽然不是二十世纪三十年代的重演，但同样是一个从重大的经济危机勉强恢复出来的美国。然而那时的美国，却有其特有的风貌。所谓美国人，到了二〇二〇年，百分之三十将在五十五岁以上。人口的老龄化意味着政府对老人的照顾责任尤其重大。

美国政府的扶老项目近半个世纪以来，向来是通过社会安全基金以及老人医疗保险两项政策来实施的。前者为老人按月派发补贴金，后者使得老人的医疗卫生费用得到减少。两个公益项目都要靠税收维持。也就是说，老人的福利实际上是他们年富力强时候辛勤工作换来的。但是随着人口的老化，以及寿命的普遍增长，这两个扶老的项目将无法维持。社会安保、老人医疗保险将会在二〇一六年、二〇一七年分别出现赤字。

这两个项目若要维持下去只能要么增加税收，要么减少福利的金额，而任何一种方式都会带来政治上的争议。老人们觉得自己有权享用全额福利，因为是“我们辛辛苦苦挣来的”，因而反对削减。工龄人士觉得不愿为了维持扶老项目而提高税收，因为“税已经够高了”。因此，如果你觉得二〇一二年美国大选已经呈现了足够分化和对立的倾向的话，二〇二〇年的选举只会有过之而无不及。

二〇二〇年医疗卫生将成为最为热门的行当，带来丰富的就业机会。无论是医生、护士、生化工作者、物理治疗专家，或者是家庭护理人士，都只会供不应求。这可能是因为二〇二〇年大量的人退休，会造成三千四百万的职业空档。这个数字当然只是一个预期，很可能实际退休人数要少得多，因为老人的福利项目的亏空会使很多人不得不出于经济考虑继续工作。

二〇二〇年的美国，百分之十八的人口将是西班牙裔美国人，少数族裔将占人口的百分之四十。二〇五〇年美国的少数族裔将不再为少数，而在数目上超过白人。这也就意味着双语人士，尤其是会讲西班牙语的人，会在就业上占据极大优势。不过二〇二〇年的工作方式也会发生很多改变，越来越多的人愿意成为半职人士或者自由职业者。这个倾向在近十年里已经出现，二〇〇八年经济危机后尤为流行。从雇主的角度来说，这是好事，因为他们不用为雇员付医疗保险、社会生活保险、退休金等。他们可以把全职工作人员压到最低。即便是全职人员，工作安全系数也会大为降低。雇主会不断地寻找机会把工作输出国外，或者用年轻的薪水低的员工取代年纪大的工资高的员工。

二〇二〇年是一个通货膨胀剧增的年代。只有这样才能补偿二十一世纪头十二年的中东战事，以及为了缓解二〇〇八年经济危机所带来的种种开销。二〇二〇年人民币对美元的比价应该是五比一。一九八五年美国联合西欧国家在纽约广场酒店为强迫日本提升日元的一幕必将重演。

二〇二〇年美国的移民人口势将继续增长。二〇一二年的总统选举已经展现了少数族裔在政治上的决策力量，民主党正是因为赢得了少数族裔，特别是西班牙裔选民的选票而得以获胜。共和党恰恰是因为失去了这些人的支持而失败。共和党因此会进行改革。二〇二〇年，共和党会在少数族裔选民中得到更多的支持。这一点也不奇怪，因为西班牙族裔的美国人实际上有很多人具有保守倾向，认同共和党的核心价值。

二〇二〇年会有更多的种族主义、反移民、新纳粹组织出现。它们的成员主要由白人的工人阶级组成，因为这个阶层的经济状况从二十世纪八十年代开始就不断退化。这些人因为不满社会地位不断边缘化而诉诸暴力来发泄不满。这代表了对不断多元化的美国的一个极端反应，然而在主流社会也会有一个保守的意识形态的逆流。所有这些倾向必将使得美国的政坛更为分化：东西两岸、东北地区的很多部分呈相对开明与进步的倾向，南方以及中部地区会更为保守。

随着大学学费的不断增长，学生和家长越来越期待大学教育带来具体的回报。因此美国的高等教育会越发背离其二十世纪初期立下的通才教育的模式。这个模式，由美国哲学家教育家杜威、威廉·詹姆斯创立，提倡的不只是广博的知识，而且是具有批判意识的思维方式。有人说美国历史上的进步思潮都来源于这样的通才教育的模式。二〇二〇年对于这个模式的颠覆无疑源自网络教学的进一步流行。全职教授会越来越少，以兼职老师以及研究生为主导的网络教学给美国大学带来了无尽的财富。伴随着“职业思想家”减少的是美国大学海外分校的增加。这些海外分校，以及其主导的电脑网络，覆盖了高等教育，使其越来越多地模拟以赚钱为主要目的的商业模式。

何为思想？“脸书”的日益流行使得思想变成了一小部分人的专利，大部分人都把脸贴在电脑屏幕上，忙着追赶精英人发明的所谓“时尚”。社交媒介并不会使我们的社会更为开放，而只会使我们更加孤独。我们就像是社会学家里斯曼（Riesman）所描述的“孤独的人群”，具有最先进的资讯以及最孤独的心灵。

2012年11月

阳光下的吸血鬼

最近一年来在美国兴起了一个吸血鬼文化热。小说作家斯蒂芬妮·梅尔（Stephanie Meyer）的长篇小说系列《暮光之城》（*Twilight*）取代了来自英国的舶来品《哈利·波特》（*Harry Potter*）成为最受本土青少年欢迎的畅销书。这部小说以及由此改编而成的电影，是这一吸血鬼文化热的最亮点。其实这个现象远远不止局限于梅尔的作品。美国有线电视推出了一个题为《真爱如血》的电视连续剧，收视率也不俗。还有前一段时间畅销书榜上有名的一本题为《傲慢与偏见与僵尸》的书，作者赛斯·格拉汉姆·史密斯一半恶搞地将简·奥斯丁的名字也列了上去，作为合作者，仿佛还要与奥斯丁分稿费的样子。

西方文化中的吸血鬼故事实际上就等同于中国的

《聊斋志异》，讲的都是不能为文明社会所接受的欲望。一个穷书生在荒郊僻野里邂逅一位女鬼，产生了一段不了情，这和吸血鬼故事中的那个黑暗人物对于少女不可遏制的吸引力是同样的东西，代表的都是一种越界的快乐。如果要说区别的话，也许西方的吸血鬼大多是发生在城市里的故事，和农业社会的幻想不同。还有，就是性别上的差异。吸血鬼多为有贵族身份的漂亮男子，极其性感，同时也非常黑暗。有的吸血鬼还是双性恋者，比如美国南方作家安妮·赖斯笔下的莱斯塔特。

西方的吸血鬼从来是一种另类文化的象征，可能是性别上的另类，也可能代表了某种波希米亚式的人格，很有魅力，服饰很讲究，有很多情人，等等。比如诗人拜伦就是这样的一个典型。有一些吸血鬼的故事实际上是以拜伦做原型的。

但是美国这次的吸血鬼热有点异常的变化。《暮光之城》讲的是一个有钱的吸血鬼家庭来到一个小镇上定居，他们的儿子简直就是一个完美的青年，英俊、富有，而且对女人非常好。女主角反而是个貌不惊人的女孩子，没有什么出众之处。男孩子一开始对女主角表现得非常冷淡，实际上是压抑自己的欲望，最后终于讲穿了，两个人开始相爱。

《暮光之城》对于吸血鬼原型的修改，主要在于在这部小说里，吸血鬼非常懂得自律，绝不会滥杀无辜。这部小说中的吸血鬼自称是“素食者”，也就是说他们只吃动物的血，不吃人血。男孩子对女孩子一开始十分排斥，也是因为她的味道对他十分具有吸引力，几乎使他越界杀人。他成功地战胜了自己的欲望后，还非常自律地不和她做爱，为了避免一时激动伤害到她。而且他对感情非常专一，绝不像拜伦那样四处留情。这个吸血鬼非但不是黑暗势力的化身，简直就是文明社会中的道德楷模了。

结果很多女孩子对他都喜欢得不得了。小说的女主角是一个毫无性格的人，据作者说这恰恰是有意设计的。因为她平凡，任何一个女孩子都可以“钻到她的身体里”，任何人都可以认同她对吸血鬼的美男子的迷恋，因此爱上这本书，成为这个系列的忠实读者。也就是说，现在的吸血鬼文化把危险的成分都拿掉了，留下来的是很安全很纯粹的迷恋。

电视剧《真爱如血》也是同样的路数，里面的吸血鬼好像就是社会上的一个另类社群。他们和普通人生活在一起，尽量减少和主流社会的冲突，实在需要满足自己的饥渴时还会说一句“对不起”。这样的生活实际上是没有阴暗面的。

这和早几年的吸血鬼文化可真的不同。比如前几年有一个电视连续剧叫作《吸血鬼猎人巴菲》，讲的是一个很有个性的金发女孩儿巴菲，十分勇敢地与吸血鬼开战的故事。巴菲很流行，是因为很多女孩儿都觉得这个电视剧表现了她们在成长过程中所要面对的恐惧和困难。巴菲给了她们勇气。很多文化研究者对这个电视剧都比较认可，认为它改变了以前流行文化中性感的金发少女所惯以扮演的受害者的形象。

还有著名作家安妮·赖斯的“吸血鬼”系列也是承继经典的吸血鬼叙述，把吸血鬼描述成我们生活中不能抑制的那种危险的吸引力。她创造出来的吸血鬼和她所居住的城市新奥尔良的巫术文化有很大的关系。她的小说被改编成电影《夜访吸血鬼》，正是由好莱坞的两大美男子汤姆·克鲁斯和布拉德·皮特来扮演吸血鬼。

现在的吸血鬼文化具有试图把另类文化收编的倾向。它越来越成为少女文化的一部分，甚至很能为少女的妈妈们所接受。

原载于《新民周刊》2009年第50期

04

美国外的世界

哈英一族

我以前有个很聪明的同事，斯里兰卡裔美国人，十分激进，还有一个“毛病”，听到英国人讲英文就腿软。她自称是“哈英”一族。到了香港之后才知道，“哈英”相对普遍地存在于殖民地、后殖民地或受殖民统治的国家与地区的某些人群中。“哈英”并不等于认同殖民主义。有制度性的和属个人行为类之分。制度上的“哈英”大概多少和殖民体制有关，然而个人行为、脾性、爱好，却更多与文化教育或者文化记忆有关。很多反殖反得厉害的人反而是“哈英”一族，其原因是太了解英国人的逻辑，太知道他们的弱点了，有点恨铁不成钢的意思，我的朋友就属于这种情况。

不管是好事还是坏事，这种“哈英”情结在内地很少找到载体。年轻一代里有人哈日哈韩，但是那个“哈”法属于流行文化的范畴里的，既不需要懂得外语，也不需要了解他们的文化。前殖民地或受殖民统治的国家或地区的“哈英”要比这更深入，更彻底。它是建立在某种对其语言文字的深刻认识之上的。

“哈英”的一个便利之处在于用在文化交流上，它占绝对的优势。看看今年香港艺术节的话剧节目，就知道英国的剧目是挑得精而又精的。英国国家话剧院是我非常喜欢的剧团，几年前在伦敦为看后来一举成名的话剧《历史课男孩》(*The History Boys*)，我在国家话剧院的大厅里等了两个半小时。果然不负我望。今年香港又上演了两部关于男孩子的戏，《聊天室》(*Chatroom*)和《国民身份》(*Citizenship*)。其中也有女生，但是好的对白都留给男生了。看得出男孩子的成长是剧作者更为关注的问题。

《聊天室》讲的是六个十几岁的孩子深夜里上网聊天，一个男孩儿患有深度忧郁症，想自杀，另外两个一男一女抱着唯恐天下不乱的心理，千方百计地鼓励他去死。其他三个谨慎些，一个甚至曾经自杀未遂过，努力劝他不要走绝路。这个男孩子被两边吵得烦死了，约大家第二天下午一点钟到拐角的肯德基，让大家看着他一了百了。

结果他没有死，网上的聊天大概还是起了一点发泄的作用吧。混在顾客中的聊友也松了一口气，观众也大大地松了一口气。青少年的世界就像凌晨三四点钟的网络空间一样，我们偷窥一下，便能被吓一大跳。这个话剧是英国国家话剧院组织的一个特别节目，就是邀请英国的几位知名剧作家，为中学生量身定做几部话剧，之后由中学生自己挑选，挑中了的剧目由国家话剧院负责排演制作。

《国民身份》也同样是讲中学生的故事。一个男孩子不清楚自己的性取向，糊里糊涂地和同班女生睡了，结果女生怀了孕，男生也因此知道了自己是同性恋。然而结局并不像我们想象的那样悲惨。两个人都继续过各自的生活，几年后重逢也好像老同学一样照常打招呼。年轻人自有对付困难的办法。

这两部话剧都很朴实。我想挑选节目的负责人也没有因为它们来自英国而要求他们必须是“前卫”或者“经典”的。我看的其他艺术节的节目也具有同样踏实认真的态度。没有太多的喧嚣和炒作，而且票价也并不很贵，起码与国内大城市演出的价格不相上下，然而票早早都订光了。相比之下，中国内地的文化市场无论从组织者还是观众来看，都还有待培养。文化是否一定要和某种象征意义连在一起呢？不是说它一定不能有象征意义，而是说不宜过于沉重。

今年香港艺术节的一个特点是再现经典，无论是英国导演彼得·布鲁克斯（Peter Brooks）导演的塞缪尔·贝克特（Samuel Beckett）的短剧，还是英国交响乐团唱诗班的表演，都围绕着一些众所周知的经典展开。这些表演对经典的态度都不能称得上前卫，没有试图重释经典——其实我也认为有时重释是一件坏事。经典成为经典之后，很多人反而不了解它的真正的内容了。“哈英”中的“英”对于后殖民地或受殖民统治的人民来说本来是多么沉重的象征符号，然而因为某些真正了解英国文化的文化人的介入，有时这个“英”字的负担减轻了，它的内涵变得朴实了，使得我们很多人又能重新爱它了。这整个过程是需要有识人士的参与的。

他们在歌唱

七月七日伦敦大爆炸的那天还有一件事值得记住，那就是英国作家克里斯·克里夫（Chris Cleave）的处女作《燃烧弹》（*Incendiary*）在英国公开发行。本来不是什么了不起的事情，但是小说开篇就非同寻常，令人不得不把这本书和这一个难忘的日子连在一起去想。

这书原来是一个伦敦东区长大的女人写给本·拉登的一封信。开头就是："亲爱的欧萨玛……" 女人的丈夫和儿子在一次由十二个自杀杀手引爆的恐怖事件中丧生。其时女人正在搞外遇，事发之后，她悲痛欲绝，因此萌生了给本·拉登写信的念头。

小说一开头从女主角的角度写道："关于写作，上一次我拿起笔是在政府补助申请表上'配偶/子女'一栏中填写‘无’，所以你看我现在是尽了极大的努力，但是还是请你原谅我不大能写。我现在给你写信无非是想告诉你，当你把我的孩子夺走了之后，在我的身边留下了一个空洞。我给你写信是想让你真切地看到我的空虚的生活，从一个孩子消失了之后留下的空洞来看真实的孩子是什么样子的。”

这个写法虽然别致，但是也冒了相当大的风险。作者克里夫是牛津大学毕业的高才生，曾在英国的一家大报任职，现旅居巴黎。他这样的出身，怎么也该算是英国的中上层，却要假想一个底层的不大会写作的女人的视角，这不能不说是对自身的一种挑战。小说中的女主人公对本·拉登挖苦地说：“你在电视录像中痛骂颓废腐朽的西方，也许你指的是伦敦的西区……伦敦是一个惯于撒谎而又喜欢张大了嘴巴笑的人。你可以看到他前面的牙齿非常整齐，后面的却在发烂发臭。”克里夫意欲将他的女主人公塑造成一个真实的英国人，而不是抽象的英国的象征。他这样做必定要揭开伦敦“发烂发臭”的疮疤，读者是否愿意在国难当头的时候如此冷静地观察自己的社会，这又是一个挑战。

据说英国的一家很大的连锁书店已经决定不再为这本书做任何宣传了。显然是考虑到读者的承受能力。

《纽约时报》的书评家也站出来斥责此书“荒诞”“无趣”，批判书中的女主人公毫不真实，言语之间似乎在暗示，此时此刻难道还有和本·拉登对话的余地吗？

小说的确试图把本·拉登想象成一个有感情甚至有理智的常人。女主人公写道：“欧萨玛，我知道你有能力爱我的儿子。《太阳报》把你塑造成一个恶魔，但是我不相信世界上有魔鬼，而且我知道一个巴掌是拍不响的。我知道你真正仇恨的是西方帝国主义的首领们，我也会给他们写信的。”又说：“我知道你一旦能够从心底里认识到我的儿子，一定会停止轰炸的。你一定不会在世界上留下更多的孩子形状的空洞的。”

仔细看来，这本小说与其说是在寻求与本·拉登对话，不如说是一个近乎疯狂的女人不幸生活在一个失去理智的世界里的心理独白。这个女人的口气并不是一味地煽情，而是带了点儿荒诞和嘲讽。爆炸之后的伦敦在她眼里简直就像乔治·奥威尔（George Orwell）小说中的专制帝国。她嘲讽地描写了到医院探望伤员的英国王室一脸无奈的神情，唱片公司忙不迭地找来为黛安娜送葬的歌手谱写一曲《英国的心在流血》。在她的个人生活中，悲哀并没有阻止她同时和两个男人偷情。在结尾之处，她非常英雄主义式地说道：“我就是伦敦，欧萨玛，我就是整个世界。把我这个可怜虫炸掉我只会把自己重新再建起来。因为作为女人我就是在自己的废墟上建立起来的。”

所以这本书表面上是一部受害者的个人叙述，实际上是一部充满了黑色幽默的荒诞剧，令人想起巴拉德（J. G. Ballard）描写上海沦陷时期的超现实主义小说《太阳帝国》（*Empire of the Sun*），或者是南非作家库切（J. M. Coetzee）的小说《耻》。这几本书的主角都是历史悲剧的幸存者，他们的感情是复杂的。借用库切的话来说，这些人“不只在燃烧，而且还在歌唱”。

对于印度的理解

美国加州大学洛杉矶分校的历史学教授维纳·拉尔（Vinay Lal）在一篇文章中谈道，虽然中印的经济角逐目前是众人关注的焦点，但是其实历史关系不是那样的。拉尔的文章中回顾了二十世纪上半叶中印友谊的代表人物柯棣华以及尼赫鲁对中国的友情，证明中印关系历史上并不是以边界纠纷以及经济竞争为主旋律的。比如尼赫鲁曾在一九五〇年拒绝接受联合国安理会的永久席位，并且宣称中国才是亚洲的领袖。据说尼赫鲁的这一举动是为了抗议联合国对中国的不接纳。拉尔的观点是我最近有幸接触的一批来自印度的作家、艺术家所比较能够认同的，同时也觉得仅仅从国际关系的角度来考察中印关系具有很大的局限性。

帝国主义是一个很可恶的东西，但是现在很少有人讨论在帝国的体制之下生活的人们的生存状态。比如说美国的确是一个新型的帝国，但是恰恰因为它是一个帝国，所以很多文化人、文化产品都聚集在这里。我们这些在美国生活的人就能有幸接触到很多不同的文化。这些文化的流通当然反映了帝国的模式，但是也具备一定的丰富性。老实说，我对印度的兴趣是取道纽约而形成的。我的一些南亚的朋友给我介绍了不少印度电影、印度作家，以及印度饮食，更关键的是，在美国人眼中，我就是一个亚洲人。但是有趣的是，什么是亚洲人，我们这些在亚洲生活的人连自己亚洲的邻邦都不了解，反而了解更多的是欧洲或者是美国，如果对于亚洲人这个身份要负责任一点的话，我们的知识实在是太过欠缺了。美国学界对印度文化的兴趣实际上也是非常功利性的。我们在研究院里学了一大堆理论，但是对印度历史和文化完全要在课外自己补。所以这次见到印度学者，我深深地意识到自己的无知。首先是以前国内只知道跟从英美的文化走向，获得布克奖的印度作家的作品在中国很快就翻译出版了，这个做法实际上是把印度文学当作欧美文学来看待。但是印度有一些英语作家实际上并不是以西方读者作为理想的对象的。比如用英文写作的小说家艾伦·西利（Allan Sealy）的长篇小说《特洛特家族史》（*Trotter Nama*）也是一本对印度的史诗式的写作，就比拉什迪（Salman Rushdie）的《午夜之子》（*Midnight's Children*）要复杂得多，而且对印度的考察也不止局限于独立前后。这部小说，我还不能从整体上做出评说，但是看得出印度的英语作家对于英语与印度的关系有很多深入的思考。

我觉得文化交流最难的是在日常生活层面上的接触。我与这些印度作家共处的几天之中，深深感到我们中国人在记忆的深层里与印度人的生活方式有很多相近之处。同行的一个印度人是位七十多岁的老人，手臂骨折了，于是每天早晨几个略为年轻的女人会为她梳头。有一天，同行的电影导演看到了这一幕，就捅捅我说，这是非常典型的一幅印度生活画面。我想其实传统中国也有这样的一幅画面。还有一位非常出色的音乐家，我多么希望对他所弹奏的音乐有更多的了解。在日常生活中他是一位非常优雅、非常有品位、非常体贴的人。他的家族是一个有着二十代音乐传统的老家族。我曾经问过他对于其他的音乐传统以及音乐形式怎么看。他回答得很好。他说在年轻的时候对什么音乐都感兴趣，流行的古典的，东方的西方的，但是一旦开始了正式的Dhrupad（德鲁帕德）的训练，他就不会仅仅因为喜好去欣赏其他音乐了。他去听音乐会，听的是乐师的创造性，是他的灵魂。在朱家角听一位卖唱的女人唱歌，他也觉得很真诚。最难得的是，这样一个艺术家同时又特别谦恭特别平易近人。有一天在一个朗诵会上，他不惜跪在地上，给一个印度诗人举着麦克风，以求更好的声音效果。

印度的艺术家有一种对自己的艺术的专注和追求超越的欲望。我不知道是不是因为在某些社会中，环境太混乱了，个人的力量太渺小了，艺术家的创作力没有别的出路就只能向内向上发展了。其实中国的某些时刻也是这样。不过我同时怀疑这个结论，因为艺术家们很容易陶醉于自己的创作之中，仿佛他的世界就是整个世界一样。

原载于《新民周刊》2010年第25期

叙述神话的宝莱坞

印度宝莱坞的电影虽然有一些元素为西方导演所接受，变成了不印不西的混合物——比如二○○九年备受瞩目的电影《贫民窟的百万富翁》（*Slumdog Millionaire*），但是更多的宝莱坞电影还是为本地的观众所生产的。这个电影体系自成一体，我看超过香港电影。比如上个月我连续看了两场在印度十分走红的电影，深深感到这个电影模式的独特性。其最明显的特点就是融于电影技术中的宗教性。这是我们这些在社会主义的现代中国成长起来的人所无法感同身受的。

我所说的宗教性，并不只是说把宗教作为主题来表现，而是说电影技术制造偶像、塑造奇观的能力，与神话的叙述方式相仿并与之重合，结果电影明星简直就是圣人，他们的所作所为就和奇迹一般。这种狂想式的故事程式把技术和宗教结合在一起了，世俗的世界和宗教的世界之间没有明显的界限。这在中国电影中是看不到的。

但是当宗教走入世俗社会的时候，也有不同的方式，其政治也有保守和激进的区分。比如我最近看的这部电影《我的名字叫可汗》(*My Name is Khan*)，在我看来就是一部十分保守的电影。

电影讲的是一个叫可汗的穆斯林男人，从小患有自闭症，成年之后来到美国，结识了一位非常漂亮的单身母亲，是一个印度教的信徒。两个人结婚之后不久，赶上了美国向阿富汗宣战，美国社会对穆斯林产生歧视，以致他们的儿子在学校里被坏孩子打死了。从此以后，可汗就发誓要见美国总统，就为了跟他说一句话："我的名字叫可汗，我不是恐怖分子。"

扮演可汗的演员是印度的超级巨星沙鲁克·罕(Shahrukh Khan)，虽然演的是一个自闭症患者，还是非常英俊，非常有魅力。电影二月份在印度公映的时候还出了一点事儿，惹得一个印度教极端组织在公映影院门前示威。事情是这样的，电影明星罕拥有印度著名的板球联队的相当多的股份，也可以算老板之一了。最近他就联队中是否应该吸收巴基斯坦的球员的问题公开发表了一些言论，他认为应该吸收，于是引起了印度教极端组织的不满，举行示威要求停映他的新片。当然没有很大效果，电影的票房仍然很好，明星罕还在自己的网页上感谢观众对他的厚爱。

印度教和伊斯兰教之间的纷争，在印度历史中由来已久。这个电影讲的故事，有一半是针对印度内部的情况所言的，虽然故事都发生在美国，其实对美国的情况也并不是十分理解的。比如电影中把男孩子的死归咎于他的父姓可汗，但实际上在美国知道可汗是一个穆斯林姓氏的人还真的不多。美国社会只会因为他的长相和肤色把这一家人都看成南亚或者亚裔人士，如此而已。当然电影中的可汗是一个非常虔诚的人，过几个小时就要祈祷，不管在公开场合还是在自己家里，这当然会使得一些美国人感到奇怪，因此而对他有所歧视倒也是有可能的。然而我觉得问题不在于这部电影真实与否，而在于其处理文化政治的方式非常保守。

而我所感兴趣的是对于男主角的感召力的表现，具有很多神话的成分。比如他为了要见美国总统，追随着总统的足迹在美国“上下而求索”，这个描写使他变得很像甘地，他甚至还像甘地圣人一样，被极端分子捅了一刀。还有就是印度人对于科学天才的崇拜。这个患有自闭症的男人虽然日常生活不大能料理，但是却会修理很多种机器。超凡的技术才能，使得他变得像圣人一样具有偶像的魅力。另外一部印度电影《三傻大闹宝莱坞》(*3 Idiots*)，是二〇一一年印度最走红的电影。其对于科技的崇拜也有类似的表现。现在很多人都意识到科技的力量和精神的力量是很难截然分开的，这种现代式的迷恋是很强悍的，尤其是在某种政治势力的驱使之下，其结果不管是正面的还是负面的，都可能产生很大作用。

原载于《新民周刊》2010年第10期

被当作集市的会展

之前我参加香港会展中心的活动共有三次。一次是亚洲艺术展，一次是本地食品展，还有一次是善本书展。所有这些活动都给人一种“一网打尽”的感觉。不管卖的是什么，参展的厂家之多，参观的人的那种热情，让你觉得“市场”这个观念被具体地呈现在你的眼前了。这个感觉有点滑稽，尤其是针对艺术品、善本书这样高雅的文化商品。亚洲艺术展的门票价格十分高，是有意识地阻止低消费阶层或者没有欲望购买的人到这个展览来浏览。如果你是收藏家，你肯定希望自己的收藏是独一无二的。这儿不是。很显然，走红的几个当代中国艺术家的作品同时为好几个画廊所展出销售，这家卖完了，还有别家。这家的油画原作买不起，你可以到下家以十分之一的价格去买同样一幅画的限量木刻品。艺术品就是普通商品，连奢侈品都算不上。当然这并不是说它的价格可以与其他商品相似，但是那种销售态度，那种展示方式（其实是没有展示），传达了一种“别装孙子”的朴实感，倒是很赤裸裸，很诚实。

办展览是一个最便捷的销售手段，所以每个城市都有那么一个会展中心。会展中心如同机场一样，在全世界有统一的模式，算是所谓“非地方”（nonplace）的地方，也就是说它和周遭的环境没有什么关系，自成一体，是个独立王国。这样的会展中心一般坐落在城市的边缘，被高速公路所环抱，与城市其他地方连接的通道十分扑朔迷离，路标很不清晰。又因为占地面积大，所以走进去还是不认路，还是要寻寻觅觅不断寻找路标。即便像纽约这样的老牌城市，都有一个比较现代的会展中心，更不要说在夜以继日的发展中不断改头换面的中国城市了。有一年我去郑州参加书展，就被那儿的展览中心吓呆了。那个规模本身就是一种展示，会使得任何展览都自觉渺小。虽然是全国书展，其实只占了展览中心的很小的一部分，于是我们不断迷路，不断走进一些没有开灯，没有空调并且空无一人的走廊。这体验给人一种恐怖感，好像没有足够的体温把整个建筑物焐热，显然这不是一个以人为本的建筑空间。

也许一个成熟的城市意味着选择一个尺度适当的展览中心，同时也意味着这个城市的居民逐渐适应这个建筑，用自己的身体把它人性化。这次香港书展就让我觉得这个城市的居民非常熟悉展览文化，逛书展好像是在北京逛庙会，或者是在香港逛年会。实际上很不一样，因为庙会和年会都在公园里，那些民俗产品使得邻里街坊平添某种亲近感。而书展是在一个极端规范化的室内空间里举行的。但是人们不管，一家老小男女老幼全部上阵，小学生由老师带着，旅游团锦旗招展，生生地赋予了这书展以嘉年华的意味，让出写真集的“模”都变成了站在花车上斜披彩带、向众人亲切招手的Miss America（美国小姐）。

所以对我来说这次书展的经验是看人，而不是看书。注意了一下书，发现它们虽然内容类别模样各不相同，都得到了同样的待遇。学术书、文学类作品和畅销小说、励志作品，以及旅游书都放在一起，没有高下之别，而且不同的摊位经常有重复的作品。报上不断看到文章说什么“全城买书并不意味着全城读书”，或者“很多人一年买一次书，就是在书展了”。说得不错，但是如果觉得这个书展只是为了提高人们的阅读兴趣，那可能把它看得太单纯了。说到底，阅读兴趣的高下也并不是一次书展就能够解决的问题。香港书展本身就是一个销售行为，与阅读本身并没有直接的关系。书展举办的见面会也多半是以流行作家为主，其热烈程度只能反映作家的人气旺与不旺，与他们的书的内容未必有直接的联系。

但是很多非商业性的作家也愿意赶在书展的时候把新书推出来，证明大家都没有抛弃这个展示的机会。在我看来，陈智德的《解体我城：香港文学1950—2005》、黄劲辉的小说集《香港：重复的城市》、贾樟柯的《二十四城记：中国工人访谈录》，以及梁文道的《访问：十五个有想法的读书人》等书乃是这次书展的亮点。这也证明香港书展并没有因为其集体的商业行为而变得没有任何趣味。我宁愿一个书展不是纯粹的业内活动，我们这些对书有兴趣的业外人士也有一种参与的快乐。

原载于《新民周刊》2009年第30期

后殖民城市的生存智慧

也斯出版的小说集《后殖民食物与爱情》对批评家提出了很大的挑战：如何进入这一本书？如果我们暂且做一下《达·芬奇密码》（*The Da Vinci Code*）中的侦探学者兰登的话，那么这本书扑朔迷离的脉络也许可以看成最终引领我们找到马德格利安的遗骨的生命线。然而是什么赋予了这本书“生命”的呢？答案似乎简单得让人难以接受：食物。

的确，“民以食为天”。食物代表了一种最基本的人际关系和社会文化，通过对食物的描写来暗喻社会变迁在中文的文学影视作品中不乏例证，比如说陆文夫的《美食家》，或者李安的电影作品《饮食男女》。然而，也斯对于食物的描写与大部分有关饮食的文艺作品不同。如果在大部分描写饮食的作品里，食物都被用来作为一个隐喻或者是象征来处理的话，在也斯的笔下，大部分时候食物并不代表什么。虽然对于食物的态度，对于它的消费，界定了他的小说中不同人物的身份和性格，但是这并不等于食物本身暗喻了什么。食物就是食物，不是语言的构置，也不是想象力堆积出来的游戏。食物的物质性并没有在语言中消失。

也许在短篇《后殖民食物与爱情》里，对于不同食物的态度大约能够界定后殖民城市中阶层、性别以及所谓“后殖民”性。最典型的是马利安的母亲，被描述成“一个裹在清朝旧衣袍影中的苍老幽灵，独坐一旁吃力地咀嚼咸鱼肉饼和白饭”。但是这样露骨的意象在其他的作品里出现的频率并不是很高。在《幸福的荞麦面》里，阿丽丝的幸福虽然与她细细地品尝荞麦面有关，但是却不能被一碗荞麦面所概括，否则就没有达夫，没有鸿灿或者故事里的其他人物了。阿丽丝在小说结尾处所表现出来的淡淡的忧伤，显然已经和食物没有直接的关系。

在另一部小说《艾布尔的晚宴》中，食物的分量占得如此之重，以至于它们俨然是这个小说的主角了。整个小说简直就是一个食物的表演。人被压得很低，以至于他们的生命被摄取，他们的位置为食物所取代。也斯在描写这一顿晚宴时写道：“艾布尔真的不欺场：鹌鹑、羊脑、螃蟹都由它幻变出来了，只是未必以原来的形状出现罢了！大音无声，大象无形。当然艾布尔不是道家炼丹的丹炉，它是借助科学的精确，调弄色香味各种分子，为我们开发感官的新领域，重绘饮食的地图。”这场食物的表演遮蔽了两个年轻人的缺席，丰盛的筵宴反衬着死亡的荒诞。如果这个故事是一个舞台剧的话，那么食物远远不是一个道具，不是人物的陪衬，它自己就是一个演员，而且扮演了十分重要的角色。

你会发现，食物是一个无所不在的存在。比如，爱上了老大的女人的杀手阿璋憧憬之中的理想生活，是“一边做菜一边在厨房里做爱，肌肤浓烈的气味混合着葡国非洲鸡和咸虾酱猪肉的味道”。为什么一定要把“做菜”和“做爱”连在一起呢？不为别的，因为两个都是生活的一部分，是在同一个空间里发生的两件事情。你不需要去深入了解葡国非洲鸡的象征意义，只需要能够看到两者都代表了某种危险的、刺激的、模糊而无法界定的经验，就能够体味到这个爱情故事的氛围和质感。作者无意阐述食物的意义，反而更希望掌握生活的质感。而这个质感是对于食物的感悟所堆砌出来的，它是具体的，不可以被抽象化，不可以被概括。食物只能“指向”这一生活的质感，引起我们的注意，让我们去发现它，却没有办法“象征”地表现这一质感，任何一个象征都是一种抽象。

那么“后殖民”意味着什么？这么厚重的一个字眼！这部小说集里除了一篇直接与回归有关并似乎探讨了身份问题，其他都对此隐去不谈。然而不能因此而断定作者对政治问题不关心、不敏感。相反，也许什么构成了“政治问题”正是小说试图质疑的核心。比如，住在屯门的爱美丽在电视里看到纽约世贸大厦的倒塌，“望出窗外，看到的倒是一幢幢愈来愈残破而永不消失的大厦的悲剧”。这一观感不能不说是与当下的政治直接相关的。还有，把在越南寻访殖民老宅的经历，比作“历史留下的斑驳的裂缝和蛛网的游丝，未尝不像民族服装的花纹，其中却又有肮脏的现实”，这样的句子大概比某些对于身份的界定更准确地表达了后殖民的疏离感。

原载于《新民周刊》2009年第23期

为张迷而作的“自传”

我不是张迷，也没有资格自称张迷——我并没有读过张爱玲的全部作品，在饭桌上谈起她不时因为弄错了篇名、人名被朋友耻笑。更重要的是，我不“迷”张，也不认同当下的张迷文化。八十年代静静地欣赏张爱玲的时候觉得她的句子那么好，觉得她的文字特别黑暗。现在一看到国内的散文家引用张爱玲的名句“出名要趁早”就感到莫名其妙的压力。多早才算早？最近陈思和教授在一篇公开演讲中戏言，如今是白发苍苍的教授在大学课堂上一本正经地讨论二十世纪初期青少年的文学作品，这话一点不假。五四那一代有谁不相信“出名要趁早”，很多人都在二十几岁就完成了他们的成名作。张爱玲在这一点上毫无例外。然而我们没办法逆转人的老年化，也没办法改变社会的逐步成熟化，如果人近中年了还没有出名，该怎么办？如果这个社会是一个不让年轻人轻易出名的社会，它一定是保守僵化的吗？

我一直纳闷美国电影《返老还童》（*The Curious Case of Benjamin Button*）为什么要挑在金融危机的时刻出炉。重读菲茨杰拉德的短篇小说，发现它实际上比电影要荒诞很多。小说里有一个细节，描写刚刚出生的巴顿一落地就开口讲话，完全是老头的口吻，张口要的是老头喜欢的东西。多么荒诞无稽！让你没办法爱上这个怪物！电影里没有这个细节，而且因为男主角是帅哥皮特，不能不让人爱。所以小说里那个令人费解的成长周期，在电影里变成了一个美好的爱情故事的背景。关键是，为什么要讲这个故事呢？也许我们关于成长的认识，无论对于个人还是社会，都是自己构想出来的。谁说儿童就一定天真？谁认定年轻就一定要气盛？谁规定老年人就一定要平淡？都说美国是成熟的社会，怎么捅出了那么大的一个娄子呢？

我不认同张迷文化，还因为从心底里抵制对她的所谓“大家闺秀”“清朝遗民”“落难才女”之类的描述。我宁愿相信张爱玲即便到了晚年都活得很有尊严，因为她以自己选择的方式生活，毫不动摇。独立和自由应该有自己的价值，并不需要附属在成功和出名之上才变得重要。

也许《小团圆》的出版又一次使得张爱玲成为新闻的焦点。虽然如此我仍然佩服张爱玲的执着和毅力，读此书脑海中不止一次浮现出一个瘦弱的老年妇女辗转于一家家简易的汽车旅馆之中的画面。她的敏感，她的无助，她的弱点，她的力量，都暴露在我们面前了。她一件接一件地丢掉了自己的财物，但是始终没有丢掉她的手稿，没有停止写作。这不是一个咄咄逼人的青年才俊，而是一个真正的作家。

我主张把它看成一部自传体小说，而不是纯虚构的作品。在一次研讨会上有人提出，为什么不能坚持“作家已死”这个观念。我的回答是，没有错，回忆录的作家我们也可以让他们死去，但是也许和纯虚构文学的作者的死法不同。回忆录被看成“生命写作”，它的作者严格来说是死不掉的，他们的生命在文字中被延续，也许这正是人们写回忆录的目的——借助文字来缅怀往逝的生命，纪念生命。

如果要把《小团圆》看成一部纯粹虚构的小说，就必须压抑我们对张爱玲生平逸事的种种了解，也就是否定张迷们这么多年辛勤工作的成果。要么就是把自己变成外国人，假装不懂中文。何必呢？在张迷们的努力之下，我们有了海峡两岸和香港多种多样的“张爱玲”。林语堂曾经标榜自己是一个“bundle of contrasts”（矛盾综合体），张爱玲似乎比他具有更多令人眼花缭乱的身份和描述。为什么不呢？也许《小团圆》作为传记文学的意义恰恰在于它使得自我描述和他人的描述一比高下。到底应该相信谁恐怕并不是一目了然的事情。

有人说普通读者肯定要对号入座。以我的经验来看，虽然能把《小团圆》里十几个人物对号入座了，并没有因为某某人被描写得不雅而完全改变对此人的看法。也许这恰恰证明了我的不敏感，或者说我不属于某一读者的圈子。反过来说，后者又证明影射类的文字，就像流言的传播一样，是小圈子里的意义生产。对号入座大概难免，这也未必意味着这个小说就一定被读死了。

原载于《新民周刊》2009年第13期

“印度”之外的印度

最近有幸偕同几位诗人、小说家到印度参加“中印文学对话”。回来之后除了疲惫之外，竟然很久没有办法把印度从意识中甚至梦境中抹去。我在想，我和印度到底发生了什么关系？这块南亚次大陆曾经令英国作家福斯特（E. M. Forster）、吉卜林（Rudyard Kipling）着迷失落，而我对于这块土地的迷恋是不是属于同样类型呢？

我和印度的联系首先是语言上的，其次是观念上的。作为当代英语世界文学的爱好者，谁都不能否认印度作家曾在这一领域做出贡献。八十年代萨尔曼·拉什迪把印度英语推上了主流英语文学的舞台，德里、孟买的中产阶级日常生活中无意创造出来的语言游戏，被拉什迪写进了文学作品，走红了，结果掺杂着印地语的英语变成了伦敦纽约的文化“潮人”所效仿的时髦语汇和文化标签。如果仅仅把这一现象看成市场化的结果，绕不开的是拉什迪小说里的印度内容。印度的殖民主义是怎样一个经验？印度建国之后为什么会发生如此惨烈的种族屠杀？印度和巴基斯坦这一对冤家为什么如此纠缠不清？现在知道了拉什迪对印度的描述不无偏颇之处，但是对他的小说若要全面理解仍然离不开对印度历史文化的基本了解。

一位在哥伦比亚大学英语系任教的朋友曾经对我说，他已经不再在本科生的文学课上讲授拉什迪的《午夜之子》，因为需要介绍的历史文化内容太多。我想中国精英大学里的学生对印度的了解恐怕也多不了多少。很奇怪，“国际主义”贯穿于建国以后政治外交历史，却始终没有带来对非西方国家文学文化的介绍和教育，央视的《百家讲坛》也是以中国传统文化为核心，以至于老牌帝国主义国家的英语教育已经开始多元化、开放了，我们这里还抱着英国文学经典不放。稍好一点的情况是接受了最新的“多元文化”理论，但是那仍然是以取道西方到达中国的“先进”思想的面目出现的。

同行的一位诗人引用了他自己的一行诗句：“印度之外还是印度。”我怀疑这两个“印度”是不是在他的诗里被加上了引号。或许第一个印度加了引号，第二个没有。我们离不开已经文本化的“印度”，不管那个文本是玄奘，还是福斯特，还是拉什迪。唯一的可能就是回到印度去寻找更多的文本，或者去印证手上的文本，不是为了证实它的真伪，而是让手上的这个“印度”具体起来，厚重一点。不管是哪个目的，我都坚信，一个人必须有漫游的经历。

于是我带回来很长的一个书单，一个电影片目，还有很多凌乱的感觉和记忆。用英文写作的雷杰·饶（Raja Rao）、德萨尼（G. V. Desani）、维克拉姆·赛斯（Vikram Seth）、艾伦·西利（Allan Sealy）等，都是我以前有一点点初步了解的，这一次又重新勾起了兴趣的作家。除此之外，我还想研究一下印度历史，特别是莫卧儿帝国的历史。我们探访的废墟无一不超越英帝国主义历史的时间和知识架构。印度有很多英国之外的历史。

文本之外的印度是一个非常复杂、难以描述的世界。我们目睹了它的混乱，基础建设的落后，以及贫富分化之悬殊。但是作为中国文化熏陶出来的人，恐怕最大的震惊来自它的宗教生活的丰富。住在乡间的一个旅馆里，夜里不时传来好像是某种集会的噪声，持续至深夜。早上被一位印度作家告知，本地的居民若是在世俗生活中受了挫折，常常会通宵诵经，用作家的话来说——“贿赂神明”，以求转运。这样的事情即便在中国发生，也许会被我很轻巧地推开，斥之为善男信女自我安慰的说辞。但是在印度，我却没有办法把信仰简单地解释掉，或者消费掉，大概因为这里铺天盖地的信仰文化。你可以不是信徒，却不能忽视它的存在。

原载于《新民周刊》2009年第18期

移植后的植物：与艾伦·西利的访谈

艾伦·西利的处女作《特洛特家族史》（*Trotter Nama*）是一部近乎六百页的长篇小说，描述的是一个虚构的英裔印度人家族七代的历史。其叙述者尤金（Eugene）具有一副非常风趣且有磁性的嗓音，也就是说听他讲故事，讲的是什么不重要，因为他讲得很有技巧，你只是想继续听下去。这部小说的形式取源于十六世纪莫卧儿王朝最有名的历史学家阿布尔·法兹尔（Abul Fazl）所写的编年史（chronicle）。其中除了具有大量令人费解但又非常荒诞好笑的情节之外，还具有大量的文化信息。这部小说于二十世纪八十年代出版，其史诗式的结构以及语言风格很有点令人联想起拉什迪的《午夜之子》。但实际上，这部小说比拉什迪的故事要复杂很多。起码在时间上，这部小说就没有仅仅围绕着印度独立前后的几十年。

艾伦和他的小说风格一样，踏实、低调，充满了冷幽默。在印度访问德里的清真寺和锡克里古城，都是他殷勤讲解，我就发现他对于细节非常重视。比如他给我们讲解锡克里古城的时候，关于一个引水渠就讲了半天。今年五月在北京见面之后，他一个人去了一趟西安、大同、呼和浩特，回来给我看他的素描，满满的两页纸都是飞檐和窗棂，据说是他坐在大同的公共汽车上的三四个小时中沿街看到的。

艾伦对日常生活充满了兴趣，但是他对于趣味的执着却往往达到忘我的地步，经常使人感到他仿佛是生活在另一个世界中的人。五月份在北京他有幸得到了两株银杏树苗，兴奋得简直像个孩子。回德里的飞机凌晨四点钟到，他怕银杏中暑，特地事前请朋友预订了一部有空调的出租车，一路从德里乘车回到位于印度北部的德拉敦家中。这一程费用想必不少。在中国期间，我看他对自己的关照都远远不及这两棵银杏树。艾伦回国之后这两棵树便成了他最喜欢讨论的话题，隔几天就向我报告一下它们的生长状况。他对银杏的兴趣，我想一定与他喜欢观察被移植之后的作物的生存状况有关。而让这树在印度扎下根来，我想在他看来是具有一定的象征意义的。

我：我发现小说里有很多篇幅讲的是物质文化，比如如何做咖喱，火药是怎样生产出来的，等等。你的描述一点都不枯燥，但是这些细节的确与故事的主线无关。你是如何考虑这些有关物质文化的细节与故事本身的关系的？传统的“编年史（nama）”除了描述君王的事迹之外也有很多这样的细节吗？你希望读者把你的作品看成不只是一部小说，而且是一段文化史吗？

艾伦：正如你说的那样，物质文化对我有很大的吸引力，在一定程度上比抽象的文化更有趣。我对待写作有一种非常实际的态度，不愿意让写作在封闭的状况下进行。实际上我觉得我经常从房间的另一角来吸取养料。比如说我现在正在修一个小塔，同时也在写这个修建的过程，这两个活动是互补的。我不认为虚构的写作仅仅涉及理念、感情、原则，而把唯物主义哲学家所谓的真实的基础排除在外。咖喱以及火药能够以一种强大的甚至是刻板的节奏来创造或者毁灭这个世界，所以你不能说关于它们的故事与故事主线无关。当然一个故事有它自己存在的理由，你可以在讨论的时候把它孤立出来。我明白你的意思。别的读者也讲到这部小说的故事好像在几个平行的轨道上发展，只是关于物质文化这条线是不是因此就是次要的，我就不能肯定了。很难说什么是这部小说的主线。实际上我在构思这部小说时有两条主线。小说里不断出现这样的说法："历史叙述重新开始。"我比较喜欢让两条线互相呼应，一边是故事，另一边是世界。这部小说给人的快感也来自这样的呼应。这两条线索并不是孤立于对方而存在的。那些偏离故事的部分经常与故事缠绕在一起，有的时候对之前或之后的故事做出评论。

我刚开始接触传统的"nama"的时候就发现它们大多是有关某个国王的成就的非常枯燥而夸张的叙述。它们的内容无外乎国王的战绩、典律、丰功伟绩，以及每天做出的裁决。当我决定要写一部关于英裔印度人（Anglo-Indians）的历史时，我就意识到我不能按照传统的方式写，但是我又不想完全忽略历史，所以我就按照时间顺序来叙述历史事件，然而我给编年史注入了新的生命，在这道菜里加入了新的香料，以及我自己发明的东西。我的主要的模本，宫廷历史家Abul Fazl的编年史《阿克巴本纪》（*Akbar Nama*），是关于我们历史上最伟大的一个国王阿克巴（Akbar）的。我还用了他的另外一本书，《阿克巴治则》（*Ain-i-Akbari*），是他的大历史的索引，其中就有很多关于当时印度历史的文化资料。那时候大概相当于中国的明代。我的小说取用了这两种不同的角度。这样我就可以将很多关于当时印度的文化细节以及生活细节放进我的历史中去，同时在我的小说里对真实的历史事件稍加虚构地叙述，这样故事的骨架看起来就有了很多多余的东西，这些东西实际上对阐释故事的主题非常重要。有的读者说我的故事的真正主角是Naqlau这个城市，这实际上是以我小时长大的真实的城市勒克瑙（Lucknow）为原型的。我不知道这样的说法是否准确，我认为小说里的主角是谁这本书就是关于什么的，但是起码这种说法传达的信息是，如果你觉得这本书传达了关于某一个地方的踏实的感觉的话，那么这与作者和真实的世界保持紧密的关系有关。

我：这本书献给其他的“Anglo-Indians”。能不能谈一谈你希望通过这本书为这一个群体做什么？你觉得这本书如何回应了关于这个群体已有的一些叙述？

艾伦：其他的“英裔印度人（Anglo-Indians）”在殖民地时代指的就是英国人，像我这样的Anglo-Indian被称为印度英国人，或者是乡下生的，以及其他名称。你要记住，欧洲人和印度人结合生的后代根本就是猎奇的对象，当这样的人的数目越来越多时，就有必要给他们一个名字，就像一个国家里的移民以及难民一样。一个两个还算是奇观，数目多了就变成问题了。当他们成为一个群体时，就需要一个名称，主要是为了法律上的需要。比如，在一个没有统一的法律的国家，应该以谁的法律来对待他们？十九世纪上半叶像我这样的人已经是一个单独的群体了，整个十九世纪他们都以英国人作为自己的模本。说到底他们也要以自己舒服的方式来安排自己的生活，比如穿什么衣服、饮食信仰等，后来慢慢地就有了自己的特性以及自己的名字。他们尝试过很多不同的标签，在二十世纪初期定下了“英裔印度人”这个名字。在我看来，这个标签实际上是对他们最好的描述：因为虽然在他们父系的血统里有一些欧洲的成分，比如法国、西班牙、荷兰、意大利、葡萄牙等，而且他们讲英语，但是他们终究是印度人。

我决定把我的小说献给这些人，也就是像我这样的人，是因为我对于这个称呼在以前被赋予的某些意义有些担心。英国人以为我指的就是英国统治时期（British Raj）的英国人。我的书是试图讲一个关于英裔印度人的不同的故事。我讲的是一个虚构的家庭，他们叫特洛特（Trotter），他们这个家族从欧洲与印度开始接触就存在了。这个接触的历史起码有三百年之久。这个历史从前只被外人讲过，通常是被英国人讲过，但是他们的前提是错误的，所以他们讲的故事必然有所偏差而且会引来误导。他们的叙述通常充满了对这个群体的歧视、批评，或者就是对他们根本不重视。我是想纠正这些偏误，用正确的方式讲我们的故事。像吉卜林、约翰·马斯特斯这样的作家只会讲关于那个年代的纯种人的故事，会把我们这种人看成取笑的对象。而我的自然天性是喜剧的，这两个人，或者其他类似的人，在我的书里都是可笑的角色。但是这只是短暂的。我的书的初衷不止包括这种试图报复的意图。

我的冲动，应该说驱动力，是因为我对这个题目着魔了。我完全是因为某种内在的冲动在写，就是想填补一个简单的空白。我觉得文学史里面有一个空白需要被填充，这个故事一定要里面的人来讲，就好像说如果所有关于美国非裔民族的故事只有一部《汤姆叔叔的小屋》(*Uncle Tom's Cabin*)，那应该是由非裔美国人来写，但它却是白人写的，虽然她的意图是好的。(很多描写关于英裔印度人的故事的白人并不是善意的。)即便最好的意图也没有办法描述一个你不熟悉的世界，所以我就想讲整个故事，这就是这本书的用意。当然现在没有办法再写一部严肃的悲剧了，所以很自然地就选择了喜剧的形式来写。这个喜剧是对它描写的角色具有同情心的。我对这个社群里的人的偏见和缺点了解得太清楚了，因此我可以开他们的玩笑，却不是在嘲讽他们。我同时也了解他们的长处和美德。我对他们的描述必须是公正而且完整的，所以写这本书花了很多年做研究，很多历史都藏在国会档案以及藏书中。但是这是我给我自己找的活，我自己决定它的界限。这本书预设的任务的一个方面就是要探寻一下英裔印度语言的发展，实际上这就是这本书需要完成的任务，所以有必要以一种大历史的方式开始。小说一开始写尤金这个人物讲一种规范的、傲慢的英语，六百页以后同样一个人讲的就是所谓的“英裔印度人魔鬼式的英语”。但是这不是一种简单化的处理，这种语言并不是他的唯一语言，尤金并不是最优秀或者最具有代表性的人。书中的每一个人都代表了一种英裔印度人的不同的方式，这样的内容是吉卜林或者约翰·马斯特斯所不可能表达的东西。因为他们只是进行非常类型化的描写，而这在真实世界中是不存在的。

我：你的书里有不少篇幅描写尤金自我反省地说他从自己的作品中听到了其他文学作品的回响（echo）。为什么这么做？你觉得哪些作家影响了你？

艾伦：关于其他文学作品的回应，只不过是写作过程中开的一个玩笑。（要知道我写这本书的时候是二十五年前，这种具有反省性的文字并不流行。）听到艾略特的回响只不过是一个玩笑：实际上它应该看成一个反方向的回响。因为艾略特实际上是在回应印度教的经文。对于福斯特的回应可以看成他的著名作品《印度之行》（*A Passage to India*）中发生在洞穴中的回音传得更远的一波。我年轻的时候很崇拜这本书，因此愿意承认它对我有影响。但是在我成长过程中最有影响的书，甚至可以说成我的《圣经》，就是十八世纪英国小说家劳伦斯·斯特恩（Laurence Sterne）所写的经典《项狄传》（*Tristram Shandy*）。这本书就在完成小说的同时解释了为什么这样写小说，而且小说中有一系列离题的话，甚至到最后也只不过是一个离奇的故事。那个时候我只知道怎样按照传统的方法来写小说。我现在也喜欢这种书，但是斯特恩的书打开了我的眼界，提醒了我在小说里可以做任何事情。这之后很久我开始写我自己的小说的时候，这个模本总是在我的脑子里。对我有影响的作家包括德国作家格拉斯（Günter Grass，格拉斯也把斯特恩看成他的偶像）。我很喜欢《铁皮鼓》（*The Tim Drum*），二十五岁的时候到哪里都带着它。我觉得格拉斯对战后德国人民所做的事就是我希望替我的人民做的事。他从事实出发，然后给它们一个喜剧性的转折，他所描写的历史完全可以令人看得出那是历史，同时具有足够想象的成分使他的作品演化成一个与历史中的德国不一样的想象的国度。其他的文学影响：英国插图画家以及小说家马文·匹克（Mervyn Peake），拉美作家马尔克斯（García Márquez），意大利作家卡尔维诺（Italo Calvino）。

我：这部小说把Trotter一家放在印度历史中的一些重要的事件中去描写。比如一八五七年的印度军人叛乱，以及一九四七年印巴分裂。这些都是政治斗争非常严峻的时刻，这个家族的成员似乎扮演了一个旁观者或者被动的参与者的角色。你是如何构想这样的描写的？是不是可以说，和传统的编年史不一样，你并不想写一个关于英雄的历史，也不想写一部关于牺牲者的历史。在颠覆式的历史中，有的牺牲者也变成了英雄。是不是也可以说你在抵制写一部国家的寓言？

艾伦：你提到的两个事件，在英裔印度人的历史上都是非常重要的事件，它们对于塑造英裔印度人的心理结构有很大的关系。当叛乱在一八五七年发生的时候，这是对英国人在印度的权力的第一次考验。你知道当时是一个私人的公司——东印度公司，在印度次大陆非常活跃。这之前的一个世纪里，这个公司已经赚了很多的钱，以至于英国皇家每一步都给它以军事上的支援。整个这个世纪里，英国人基本上是以这个公司的名义在印度内部不断推进。这个过程中英裔印度人基本上是支持英国人的，而且这个公司雇用来保护自己的印度军队也是支持英国的。但是印度军队和英裔印度人的军队不一样，就是英裔印度人和他们的主子具有同一种文化：他们也是讲英文的，而且像我刚才说过的一样，他们在生活的任何方面都模仿英国人。比如他们戴英国人遮阳戴的那种像钢盔一样的帽子（Sola Topee），所以当暴乱发生之后他们马上就被叛乱的军队以及民众看成与外国人同样的人。我们不知道当时英裔印度人的人口是多少，因为他们和英国人的界限经常混淆，但是我怀疑那个时候他们的人口比英国人多。这并不是一个众所周知的事实，但是我们讲到英国那边平民的伤亡人数时，我们很可能讲的都是英裔印度人。当然也有一些印度人效忠于英国人，但是他们当时可以混到人群里逃掉。

你不能说英裔印度人在这些事件中是被动的参与者，记住他们是为自己的生命而奋战。现在的观点，在国家的斗争历史中，他们是站到了错误的一面，但是在真实的世界中，人们只能以他们最适合自己的方式活着。英裔印度人并不是在国家的史诗中生活，在那时的印度，他们的血缘以及长相决定了他们对社会的看法。在一八五七年，他们是与英国人并肩作战的。这中间很多人是小职员，那时叫作“写字的人”（writer）。他们在平民阵线中扮演重要的角色，直至英国的援军从欧洲到来。这些志愿者创造了很多英雄事迹，当时唯一一个被授予维多利亚十字勋章的就是一个英裔印度人，我把他写成了Trotter家族中的一员。

一八五八年之后当英国皇家取代了东印度公司，英裔印度人在很多政府部门和基建部门都得到了一些配额，从铁路到税务部门，到警察邮政电报等行当。一些技术领域，比如造船、勘探，从来都是英裔印度人的强项，现在土木工程、造桥和隧道也算在内。当这种“英国式的和平”持续了一百年后开始崩溃，这个社群因为向来和英国人认同，所以变得非常焦虑不安。当一个独立的印度即将从梦想变成可能的时候，他们想起了自己在一八五七年的命运，准备与英国人一起离开。当现代印度诞生的时候，这个社群半数都已经离开了印度，之后的几十年中留下的半数也陆续前往英国或者英属地。给你举一个例子，我上的中学是一个非常有名的英裔印度人学校，一九六〇年大部分学生都是英裔印度人，我离开这个学校的时候是在七年以后，只有几个人还在。现在留下来的少数英裔印度人很少有以前的偏见，而只是印度很多群体中的一个。我个人认为更多的人如果能留下来创造一个更加强大的社群会更好。当然现在有其他的东西吸引人们，一个人只把自己看成印度人而不管他属于什么种族的，这就是一个崭新的观念。

我觉得现在不可能再以英雄的方式来讨论历史。我认为只讨论牺牲者也不健康。我们对于英雄具有本能的不信任，我们会自然地去看他和常人一样的肉身。当然你免不了修正历史，但是也不能不意识到这一工作是非常狭隘的。在文学中的国家寓言也一样，我每每看到它们那么轻易地就被制造出来就感到惊讶。我觉得我看到的最满意的就是《铁皮鼓》。但是你也不能把这个已经做好的故事套到印度之上，那太容易了。你得做一点有挑战的事情。格拉斯这个小说的形式来自整个欧洲的传统，如果你来自世界的另一角，你必须在你自己的院子里寻找形式。我因此就用了编年史这个形式，当然我对之进行了改写，使它能够适合于我。

我：你的小说有很多令人眼花缭乱的语言游戏。小说里面的很多词都是英文和其他几种印度语言的混杂。这是不是一个英裔印度人的语言风貌的典型表现？你自己讲哪几种语言？你有没有担心这些语言的混杂会对一个西方的英语读者造成挑战？读者反应如何？

艾伦：我觉得我最好的工作状态，最自然的工作状况，就是在游戏中工作。想一想这种工作状态并不坏，我们小的时候都是通过游戏来学习的。也许老年人也可以通过游戏的随意性而保持大脑的活力。我并不是说逻辑思考以及严肃地去做一件事就一定要和游戏对立起来，但是我对试验保持一种开放的态度，它可以使得作家以及他的语言保持一种健康的状况。我并不以为游戏性的或者试验性的文字就比古典写作更高或者更下。在这一点上文学和科学没有什么区别，科学的发展从来都不是直线的，而总是有很多奇奇怪怪的弯路。科学没有一定走向，只有重力。我想写作也是一样，总是要以不服从的方式发展。就印度的小说而言，尤其是印度的英语小说，大部分的作家都是选择了现实主义的老实的方法。一千本书有九百九十九本都是这样的。所以当你一开始要挑战这个传统，要写一本不同的书，你从一开始就会意识到你与众不同。但是你并不是随意要这样做的，这只不过是你的自然倾向，你的本能。

以*Trotter Nama*为例，一开始我并不是从故事写起的。我是从一个片段开始写起的："关于如何正确处理冰中的矛盾。"在小说里这一段是在第二百页左右才出现的，但是这一段是最先写的。令人联想起"红宝书"里面的那篇文章。之后我又写了一些片段，然后现在小说中的第一句话才出现。所以从一开始，写作就有它自己的路径。我一开始就知道这本书的结构和风格肯定是要具有游戏色彩的，而我写这本书肯定会有很多快乐。至今为止我写过不同基调的书，有的非常沉重，但是这不是我讲话的调子。对于这本处女作来说，我当时的心情就是快乐。这本书占去我青年时代的很多年光。

关于英文与其他语言的混合，这从欧洲人最一开始到达这个国家就发生了。这个交流也是双向的。比如说印地语里面的房间这个词（kamra），就是从葡萄牙语（camera）来的，当然最后还是要追根到拉丁语。这样基本的一个词实际上都是外来的。同样，很多印度人不相信土豆和辣椒来自欧洲。我却对这种混合很满意，这证明自然有一种非常强烈的力量抵制人们惯常的东西，而倾向于某种融合。我们文学上的试验只是一种对自然力量的苍白模仿。此外，如果你自己就是某种融合的结果，像我这样，你就自然地会对纯粹的东西躲避，不管是语言、故事，还是历史，所以你说的那种语言的融合就自然产生了。这并不是说这一定是所谓英裔印度人的言语方式，但是这种说话方式是这本书所需要的一种方式。

我的第一语言是英语。当然我还懂印地语，这是另外一种国家语言。你知道印度每个州有它自己的语言，在非印地语的州内生活的普通人多半用他自己的语言，可能是泰米尔语或者加那答语，除此以外就是从宝莱坞电影中学来的一点点印地语。在某些州的一些受过教育的知识阶层，比如南方，对印地语有一些潜在的抵制。南方把印地语看成北方特权的表现，他们比较愿意用英语，所以英语也就成了一种桥梁式的语言。它当然是精英阶层的语言，因此那些要求上进的中产阶级也就要把他们的孩子送到英语学校。但是对我来说英语就是我唯一的写作语言，因为这是我童年的语言，是我做梦时用的语言，我在这个语言中活着。当然还有一种印度英语，既是口语的，也是笔头的，与西方规范的英语很不一样，我所有这些不同类型的英语都用。这对于印度之外的英语作家来说看上去很怪。很多外国人不了解我的语言游戏，这你也没有办法。我的主要观众在这里，这些观众不需要我多做解释，这会让我很欣慰。

我：你觉得这个小说是一本“后殖民小说”吗？小说结束的时候为什么有一个人，好像是尤金要离开印度去漂泊？离散（diaspora）对于英裔印度人来说是不是一个更为普遍的生活的选择？

艾伦：我必须承认我不懂“后殖民”这个词是什么意思，我知道它在学院里比较重要。但是我已经离开大学二十五年之久了。有一段时期，英国统治（British Raj）文学被用来指称所有的殖民小说，也就是说那些写在独立之后，但是却向后看，对过去发出一声叹息的小说。这些小说都是英国人写的，比如有一个作家叫作保罗·斯各特（Paul Scott）。当然还有殖民时期的文学本身，比如说具有侵略性的（比如吉卜林），或者是比较开明的（比如福斯特）。当然你还可以发现独立时期也有一些小说，比如约翰·马斯特斯的《博瓦尼车站》（*Bowani Junction*），实际上是有关英裔印度人的。我在写我自己的小说的时候，当然不能忽略这些作品，因为我要写的有一部分是有关我们是如何被书写的。但是这不是一种现实主义的作品，作者完全可以脱离故事对原野上的任何动物射击。因此我就很高兴地对每个作家嘲笑了一番，包括我自己。这种反省式的写法不是每个人都喜欢，但是我也不想讨好谁，所以你就能看到一点故事，一点历史，很多清单，很多排比句，一些悼词、信，教别人如何做某一件事的手册，等等。这本书的最后一个标题叫作“英治小说是怎样炮制出来的”，就是在一部英国统治小说里经常出现的元素的清单：大象、马球杆、蛇、一条绳子、一条名贵的项链等。是喜剧，也是讽刺。试图传达一个观点，但是在学者那里会以不同的方式讲出来，而且更为详尽。这就是后殖民吗？我不知道。

小说结尾处尤金并没有离开印度，他一直在那里，受了很多磨炼也有了很多转变。我需要他在那里，很多次要人物都离开了。实际上这一家的行囊是打开又关上，关上又打开，他们一会儿决定走一会儿又要留下来，但是离开并不是英裔印度人特有的习性。现在德里的大使馆里满是各种各样的印度人，都是要走的。现在鞋子是在另一只脚上，是其他的印度人要弃船而去了。

我：在我看来这本小说很好笑。你觉得幽默能够起到什么作用？传达了什么世界观以及历史观？

艾伦：的确是很好笑。《英雄》（*Hero: A Fable*，我的宝莱坞小说）据说更加好笑，更加机智。我觉得这本书里面的幽默比较温和些。这本书比较不愿做评判，它的广阔的视角令它更有包容性。这本书也因为是有关历史的题材所以比较深刻。相比之下写《英雄》的过程本身就像是一部宝莱坞的电影，很快，很惹眼，每分钟都有一个噱头。

我觉得幽默是有颠覆性的，因此它是具有社会性的一种情绪。当然嘲笑可能是很残酷的，但是经常嘲笑是为了纠正一些错误，把真话讲出来。我觉得被嘲笑比被训斥要难过得多，我童年的时候就亲身经历过，所以开玩笑或者嘲笑也比翻脸更需要相对复杂的技巧。做得好的话，其效果是非常复杂的。当我刚开始写这部小说的时候，我看到其他小说里对英裔印度人的描写，非常气愤。现在我可以表示气愤，也可以用玩笑来对付。如果我想加强痛苦的程度，我就笑。这样你对真正的坏蛋开枪，所有人都叫好。对于其他的人，你只是捅捅他们，提醒他们一声。我不是一个试图改造别人的人，但是这部小说起到了这样的作用，通过戳穿假象，或者是假装开心，实际上都是仰仗着世界给人们提供真正快乐的材料。

喜剧是与种种荒诞并存的，社会生活越复杂它也就越复杂，而且喜剧的发展也会越来越好。有的人说现在的小说越来越自恋，因为生活失去了更大的目标，是这种感觉创造了艺术 。但是我从来没有觉得那种自我逃避的艺术和真理有任何关系。我们大家都在跌跌撞撞地行走，我们都在寻找救命稻草，这个困境可以让你哭也可以让你笑。我选择笑。

2010年